札幌殺人事件 上

内田康夫

角川文庫
13755

目次

プロローグ

旭岳《あさひだけ》に初冠雪があってから、また季節が逆戻りしたように、昼間外を歩くと汗ばむような日が何日かつづいた。街には半袖《はんそで》姿の若い人たちが珍しくない。ブティックでは冬物を並べたものの、売れ行きのほうはさっぱりだそうだ。

「夜は冷えるし、何を着たらいいか、困っちゃう」

トモミが、頭のてっぺんから出るようなキャンキャンした声でぼやいた。

「お店では薄着して、往きと帰りはコートを着ればいいのよ。それがおしゃれっていうものじゃないの」

立花穏代《たちばなやすよ》は諭すように言いながら、むかし、銀座《ぎんざ》の〔まゆ〕に勤めはじめたころ、そっくり同じことをママに言われたのを思い出した。あれから十年経つけれど、女のコの考えることなんて、そんなに変化しないものなんだ——と、妙に安心できた。

二年前に、札幌《さっぽろ》へ帰ると言ったとき、〔まゆ〕のママは「そうね、潮時かもしれないわね」と、反対はしなかった。バブルがはじけてからずっと、銀座は文字どおり火が消えたようになってしまって、古い店が何軒も廃めた。〔まゆ〕のママもそのとき、すでに店を畳む気になっていたのかもしれない。「どこかへ移るんじゃないの？」といったような詮索《せんさく》もしなかった。

去年の暮れ、クリスマスを最後に〔まゆ〕は廃業したそうだ。「ママが、とめどなく泣いちゃってさ、男どもも貰《もら》い泣きをしちゃったよ」と白井信吾《しらいしんご》が教えてくれた。白井はプロモート会社に勤めていて、興行の売り込みや先乗りで、年に十回以上は札幌を訪れて、そのつど、穏代の店に寄ってくれる。

東京を離れるとき、〔まゆ〕時代の馴染《なじ》み客にはひととおり「札幌にいらしたらぜひ」と案内状を出しておいたし、ママも客たちに「行ってあげて」と口添えしてくれた。穏代自身にはそんな意識はなかったのだが、ママはなんとなく「都落ち」のような寂しさを感じていたようだ。

しかしその〔まゆ〕も、それから一年ちょっとで終焉《しゅうえん》を迎えることになったわけだ。

銀座のクラブはたいてい長くても一代限り、場合によっては半年もつづかないこともあるのだが、〔まゆ〕のママは二代目だったし、暖簾《のれん》分けもして、ママの可愛がっていたコが独立して〔こまゆ〕の名で店を出したりもしている。ママは穏代にも〔こまゆ〕の名を使っていいと言ってくれた。東京と札幌では競合する心配もないのだが、穏代は「そんな立派なお店じゃないし、まゆの名を汚すばかりですから」と辞退した。

いまの店は弟の則行《のりゆき》が見つけてくれた。ススキノの表通りに面した七階建ての、むやみに大きな雑居ビルの四階にある。則行が市役所に勤めるようになって間もなく通いはじめた店だ。ママが病気がちで辞めたいそうだけど、と電話で言ってきた。居抜きで、権利金も安いし、常連客もわりと多い――などと、不動産屋みたいな情報を並べたてた。

「それに、おれ、姉貴にそろそろ札幌に帰ってきてもらいたいんだ。おふくろもだいぶ弱ってきたしさ」

則行はすっかりおとなびた口調になって、穏代を説得した。「姉貴もさ、札幌に戻って再婚したほうがいいよ」とも言った。

「生意気なこと言うんじゃないの」

電話ではそう突っぱねたものの、〔まゆ〕の経営状態が不安だったり、離婚後の鬱《うっ》陶《とう》しい状態がつづいて、穏代も何かと気持ちが動揺していたときだから、話に乗ってもいいかな――とそのときに思い、結局、そうすることになった。

〔ユリアンヌ〕という店の名前は二代前の創業時のママの名前が「百合《ゆり》」だったことに由来するのだが、前のママがそうしたように、穏代もそのまま継承することにした。

トモミともう一人、美穂子《みほこ》というのが前のママから引き継いだコで、まだ充分に若く、そのわりに客の扱いは手慣れたものだった。ほかに新しく加奈子《かなこ》という現役の女子大生を雇った。父親が亡くなったので、学費を稼がなくちゃならない――というのが、加奈子が募集広告に応募してきたときの話だが、本当か嘘かよく分からない。もしかすると、悪いヒモでもついているのかもしれない。もっとも、トモミにしろ美穂子にしろ、どういう素性なのか、まるっきり知らないまま引き継いだようなものだが、稔代はいちいち確かめることはしなかった。

〔ユリアンヌ〕はちっぽけで、自慢できるほどの店ではないが、客種はよかった。前のママがいいひとだったのか、引き続いて贔屓《ひいき》にしてくれる客も少なくなかった。則行も責任を感じるのか、同僚や友人たちを連れて、よくやって来る。稔代の高校時代の男友達までも、噂を聞きつけて冷やかし半分に来たりもした。

おまけにどういう偶然なのか、時期を合わせたように、〔まゆ〕時代の客の何人かが札幌に転勤してきたり、白井のような客もいたりで、懐かしい顔ぶれが店で鉢合わせすることもあった。

白井信吾は稔代にとっても〔ユリアンヌ〕にとっても、救世主のようなものだった。新しい土地で、はじめての経験である店の経営に乗り出したばかりで、稔代が不安のどん底にあったとき、白井は忽然《こつぜん》と現われた。その晩、厚生年金ホールで公演のあったロック歌手を連れていた。マネージャーと地元のプロモート会社の社長も一緒で、狭い店内が賑《にぎ》やかなことになった。そのロック歌手は、ひと時代前がヤマの、どちらかというと渋いタイプの歌い手だが、店に来る客たちの年代層にはむしろぴったりで、大いに盛り上がった。

その後も白井は三度、歌手やタレントを連れてきた。一流の売れっ子というわけではないにしても、それなりに名の通ったひとたちである。とても、こんなちっぽけで貧弱な店に合う客とは思えないのだが、彼らにとっては、むしろ貧弱なのが珍しくていいのか、けっこう喜んで長居してくれた。そういう珍客が訪れることで、それまでの客たちも〔ユリアンヌ〕を見直したらしい。運がよければ、またタレントと同席できるかもしれない——という思惑もはたらくのか、足繁く通ってくれる客も増えた。

それほどまで貢献しながら、白井は穏代にも、ほかのコに対しても、何か下心があるとか、そういった態度はおくびにも出さない。去り際はいつも、「じゃ、またね」とあっさり手を振って、握手を求めたりすると、照れ臭そうに軽く握り返してくる程度だった。支払いも、そのときそのときに、カードですませた。ツケでもいいと言うのを、「東京まで集金に来てくれるならね」と冗談であしらった。穏代が半分本気を見せて、「白井さんのところなら行ってもいいですよ」と言い、「でも、奥様に叱られちゃうかしら」と言うと、「そんなのはいないよ」と真顔になった。

「嘘、ほんと？……」

「本当だよ、嘘をついてもしようがない。あなたと同じだ」

「あら、じゃあ、バツイチ？」

「うん、ちょっと違うけどね」

曖昧《あいまい》に笑って、それ以上の追及を拒否するように手を振った。そのとき、穏代はふいに（白井さんとなら寝てあげてもいいかな——）と思った。

お客の誰もがそんな気で来るわけではないにしても、中には露骨に女のコを口説きにかかるのもあったり、運がよければそんな関係になるかも——という、そこはかとない期待感を抱いていることはあるにちがいない。それを上手にあしらい、実のあるところも見せながら、決して最後の一線までは行かないことがこの商売の要諦《ようてい》だ——と〔まゆ〕のママは教えていた。

「最後の一線を越えるときには、それなりの覚悟がなければね」とも言った。

「近ごろのコは、平気で、むしろ自分のほうが面白がっているようなところがあるけど、仕事本位に長い目で見ると、それはだめ。そういう関係になると、お店でもついベタベタした狎《な》れが見えてしまう。お客様には、どんな場合でも平等に扱ってほしいというプライドのようなものがあるのね。お店では大臣もヒラ社員も、お馴染みさんもイチゲンさんも一緒。差別や好き嫌いは心の中ですること。大切なお客様だと思ってさえいれば、それが不思議に通じるものなのよ」

穏代はママの言う「覚悟」を決めて、客の一人と結婚した。むろんひそやかに、ごく内輪の人間以外、誰にも内緒で一緒に暮らし、籍も入れたのだが、長続きはしなかった。夫は、店の客だったときはずいぶん理解があるようなことを言っていたくせに、結婚したとたん、水商売を嫌った。夫にはサラ金に借金のあることも結婚してから分かったが、そんなことより、自分の職業を軽蔑《けいべつ》した目で見られていたことが、穏代には我慢ならなかった。

白井のことは、東京にいるころはふつうのお客に対する気持ちで、いわばビジネスライクに接していた。名刺をもらっていたし、何やら芸能関係のプロモーションの仕事をしているとは聞いていたけれど、それが具体的にどういうことをやるものなのか、まるで知らなかった。

「そうだなあ、言ってみれば芸能ブローカーってところかなあ」

白井はわざと卑下するような口調で言って、あまり詳しく話したがらなかったのだが、札幌に来ると、いくらか気持ちにゆとりができるせいか、ポツリポツリ仕事の内容も話してくれるようになった。最初の日に連れてきた、地元のプロモート会社社長の越川《こしかわ》から語られた部分もある。

要するに、新聞社、テレビ、ラジオ局といったメディアや、レコード会社、タレント・プロダクション、劇場などと連携しながら、イベントや興行を企画したり、請け負ったり、オリジナルの企画を売り込んだり、ときには自分たちの手で実施したりする仕事らしい。外国からタレントを招いて日本各地でコンサートを開催する、いわゆる「呼び屋」のようなこともしていて、札幌にはもっぱらその仕事で来るのだそうだ。

大抵は仕事が終わったあとの打ち上げで、関係者を労《ねぎら》うために来るのだが、ときには一人でフラッとやって来て、カウンターの隅でグラスを傾けることもある。気儘《きまま》にマイペースで過ごしたいのか、女のコを寄せつけない。何か難しい考え事でもあるような、ちょっと怖い顔をしている。ときおり、店の電話に白井宛の電話がかかってくるのは、大抵、そういうときだから、ひょっとするとその電話を心待ちにしているのかもしれない。

電話の相手はいつも同じ男の声で、判で捺《お》したように「白井さん、いますか」と言う。話は手短かに、ほんの二言三言で用件がすむらしい。白井は決まって、「何時何分ですね、はい分かりました」といった、待ち合わせの約束でもするような内容のことだけを反復して、すぐに電話を切った。

「お忙しいんですね」

穏代が言うと、「ああ、少しは働かないとね」と苦笑いする。

「携帯電話、お持ちにならないの？」

「うん、あれは嫌いだな。どこにいても連絡がつくんじゃ、リモコンのロボットみたいじゃないか。もっとも、ここを連絡場所代わりに使わせてもらって、悪いけど」

「あら、そんなことないですよ。白井さんにどんどん使っていただければ、どんどん売り上げが伸びるんですから」

「ははは、こんな、たまにしか来ない客じゃ、高が知れてる」

白井は月に一度か二度ぐらいの割合で札幌にやって来るらしい。来ると必ず〈ユリアンヌ〉に寄るという白井の話が事実なら、そうなのだろう。来れば二泊して、その二晩ともか、少なくとも一晩は店に顔を見せる。

「今度、いつか、お礼にご馳走《ちそう》させていただこうかしら」

穏代が言ったことがある。サラッとした言い方だったけれど、一大決心をしたような気分であった。

「ご馳走？　そうだな、ススキノのラーメン横丁ぐらいなら付き合ってもいいよ」

「そんなんじゃなくて、家庭料理にご招待したいんです」

「ふーん……」

白井はまじまじと穏代の顔を見つめた。少し気持ちが動いたような手応《てごた》えを、穏代は感じたのだが、白井はしばらく考えて、「いや、やめておこう」と首を振った。

「あなたとは、このままにしておきたい」

穏代は赤くなって、視線を逸《そ》らした。恥をかかされた——という想いがあった。

「ごめんね、本音をいうと、嬉《うれ》しいけれど、いまのままの状態がいい。大切にしておきたいんだ」

白井の「大切にしておきたい」という言葉が、ジーンと胸にしみた。穏代は涙ぐみそうになって、慌てて「ありがとうございます」と顔を伏せた。

第一章　不安な女たち

1

待ちくたびれて、もう何十回目か、ドアの方角へ向けた裕美《ひろみ》の視線の先から、男のシルエットが階段を下りてきた。

一瞬、（則行かな――）と思ったが、違った。背恰好《せかっこう》は似たような感じだが、則行より少し歳上らしい。それにルックスも、悔しいけれどこの男のほうが上かもしれない。

ベージュがかった白っぽいブルゾンを無造作に着て、ヘアスタイルも七三に分けているのかいないのか、はっきりしないようなボサッとした感じだし、ひげだって剃《そ》り残しがありそうな、およそ身だしなみに無関心というタイプだ。それでいて、どことなく品のよさが伝わってくる。

基本的に顔だちがいいのだ――と、裕美は結論づけた。彼女がよく描くイラストの、頬の線を一直線にした若い男のイメージとよく似ている。色白で、目が涼やかで、口《くち》許《もと》がキュッと引き締まっていて、光源氏《ひかるげんじ》みたいな男がほんとにいるんだわねえ——と、少なからず胸がときめいた。

男は待ち合わせの約束でもあるのか、店内を見回してから、裕美のところから一つ置いた、いちばん隅のテーブルについて、ウェートレスに「コーヒーください」と言った。バリトンとテノールの中間ぐらいの、ひびきのいい声だった。こう何でも兼ね備えられていると、厭味《いやみ》なくらいだ。これで車がベンツか、国産ならソアラだったりすれば、もう言うことないわね——と、勝手に想像を巡らせているうちに、だんだん腹が立ってきた。

ウェートレスがコーヒーを運んでくると、男は無邪気な口調で「ターフェルっていうとテーブルのことですか?」と訊《き》いた。

「ええ、そうです」

「珍しい名前ですね、『解体新書』を連想しました」

この店の名前のことを言っている。〔ターフェル〕というのはたしかに珍しい名前だけれど、喫茶店で、なにも『解体新書』なんて気味の悪いことを連想しなくてもよさそうなものだ。ウェートレスも気を悪くしたのか、愛想笑いもしないで行ってしまった。

席は離れているが、向かい合う位置だから、男の姿はいやでも視野に入っている。

向こうからも同じだと思うと、べつに見られているかどうか確認しないのに、なんとなく視線を意識してしまう。

（則行のやつ、何をしているんだろう——）

裕美はイラついて、また時計を見た。待ち合わせに〈ターフェル〉を指定したのは立花則行のほうである。「赤ちゃんの家に近いから、そのほうがいいだろ」と言った。「赤ちゃんはやめてよ」といくら言っても、則行は直そうとしない。赤山《あかやま》裕美だから「赤ちゃん」だなんて、単純すぎるネーミングだが、悔しいけれどたぶんこれに勝るニックネームは、結婚して姓でも変わらないかぎり、当分、生まれそうにない。

ドアの開く気配に視線を向けると、今度は女性だった。瘦《や》せ型で、長すぎるくらいに面長な顔に、トンボ眼鏡のような大きな、赤い縁の眼鏡をかけている。

「すみません、お待たせしてしまって」

モーツァルトの曲が流れる静寂を、威勢のいい甲高い声でかき乱して、女性はさっきの男の席へ向かった。

「いえ、いま来たばかりですよ」

男は立ち上がって女性を迎え、とっくに空っぽになったカップを前にして、そらぞらしいことを言っている。

（どういう関係かな——）と、裕美は待ちぼうけの腹立ちまぎれと暇つぶしに、目の前のカップルを観察することにした。

二人は初対面ではないという程度で、それほど親しい間柄ではないらしい。年恰好は女性のほうが四十歳ぐらい、男はそれよりだいぶ若そうだ。不倫というには、少し開けっ広げすぎるから、有閑マダムとセールスマンといった関係かもしれない。

はじめは「いい店ですねえ」「ええ、都心からだと、ちょっと遠いですけどね」などと、当たり障りのない話をしていたが、何か難しい商談なのか、じきにテーブルの上に顔を寄せ合うようにして、低い声で話し込みはじめた。

そのうちに、女性が思わず発したような声で、「そんなばかな……」と言った。向こう向きだから、どんな顔なのかは見えないが、男が慌ててこっちに視線を向け、それから周囲のテーブルを見回したから、よほど怖そうな表情をしたにちがいない。

このフロアには全部で五組の客がいた。〔ターフェル〕は入口を入ったところに少しと、階段を下りた半地下のようなこのフロアに八セットのテーブル、それに二階にも少しテーブルがある。

中でも人気なのはやはりこのフロアだ。グレーと黒で統一されたインテリアが洒落《しゃれ》ている。窓がなく、一方の壁に設《しつら》えられた巨大なスピーカーから、たえずクラシック音楽が流れている雰囲気は、札幌では随一といっていい。ここが好きで、苫小牧《とまこまい》辺りから来る客もいるそうだ。

従業員はもちろんだが、お客のマナーも洗練されているし、誰も声高に喋《しゃべ》るような真似はしない。その中で女性の声は突出してひびいた。いっせいに店じゅうの非難の目が集まるのを感じたのか、女性客はすぐに背を丸めるようにして、声をひそめた。

しかし、小声になっても、裕美のいる席から、話の内容が切れ切れに聞き取れた。とくに女性の声はもともとがよく通る声質らしく、波のうねりのように、ときどき増幅されて聞こえてくる。

「……じゃあ、死んでるかもしれないって……」

「……警察にですか？……」

「……そんな、私が行く先を知ってるわけありませんよ……」

といった、なんだか物騒な話だ。男のほうは、そういう話には慣れているのか、よくセーブされた声で、何を言っているのか、ほとんど聞き取れない。

べつに盗み聞きしているつもりはないのだが、裕美はだんだん怖くなってきた。ひょっとすると、重大な犯罪の秘密を漏れ聞いているのかもしれない。あとで「あんた、聞いたわね」と、あのエキセントリックな女性に睨《にら》まれたらどうしよう——などと想像すると、背筋がゾクッとして、居ても立ってもいられない。ついに裕美は逃げ出すことにした。則行は遅れて来るほうが悪いのだから、すっぽかしになったって、知ったことじゃない。

そっと立ったつもりだが、気配を感じたのか、女性が眼鏡を光らせてギョロッと振り向いた。素知らぬふりで歩きだしたが、急いだお陰で、階段の一段目に躓《つまず》いた。爪先にジーンと痛みが走った。

外へ出ると、いつの間にか冷たい霧雨が舞っていた。冬の訪れを告げる前触れかもしれない。昨日まではやけに暑かったのに、けさはぐんと気温が落ちた。ブローしたばかりの髪が濡《ぬ》れるのを気遣いながら、裕美は小走りに家へ向かった。

札幌市東区《ひがしく》は本来は平坦《へいたん》で広大な土地を利用した農業と、サッポロビールに象徴されるような工業が盛んだったところだが、都市化の波が拡がるにつれて、表の広い通りは急速にオフィス街に生まれ変わり、その背後には新しいベッドタウンが発達した。〔ターフェル〕のあるこの辺りは、北海道独特の、雪下ろしに便利なトタン葺《ぶ》き屋根の建物や、四角い建物と規模の小さなマンションの多い、静かな住宅地である。

〔ターフェル〕から自宅まで五百メートル近くはある。自宅といっても叔父《おじ》夫婦の家で、裕美は言うなれば居候の身分である。両親と兄夫婦は夕張《ゆうばり》のほうでメロン農家を営んでいる。兄が結婚するとき、ちょうど高校進学期に当たっていたのをいいことに、裕美は札幌に出て、それ以来、この家で居候生活をつづけている。

早く独立して、たとえワンルームでもいいから、人並みにマンションにでも住みたいのだが、どういう性格なのか、どこに勤めても長続きしない。最後に勤めた諸国民芸品の店も先月辞めて、またまたフリーターという名の失業者に戻った。

子供のいない叔父夫婦は姪《めい》を猫可愛がりして、「いいよいいよ、お嫁に行くまで、のんびり遊んで暮らしていなさい」などと呑気《のんき》なことを言ってくれるが、本人にしてみればそうも言っていられない。なにしろ当年取って二十五歳を超えたのだ。幼いころ見たテレビCMに「二十五歳はお肌の曲がり角」というのがあった。意味も分からずに、漠然と「ああはなりたくない」と思ったものだが、その曲がり角を過ぎてしまった。

高校の美術部で一年先輩だった立花則行から、「いい勤め先がありそうだ」と連絡があって、その打ち合わせのデートを〔ターフェル〕で——という約束だった。

則行も独身で、学生のころから絵本を描く趣味があって、いずれは絵本作家になるのが夢だという。デザイナー志望の裕美とはその点で気が合い、十年近い付き合いがつづいている。

おたがい嫌いではないはずなのだし、その気にさえなれば、いい関係になりそうなチャンスはいくらでもある。それがあまり進展しないのは、則行の優柔不断のせいだ——と裕美は思っている。則行は真面目でおとなしく、見ようによってはいまどき珍しい好青年なのだが、それが少し物足りない。

それにしても、いいかげんなことを言ったりしたりするようなやつではないと思っていたけれど、電話ひとつ寄越さないなんて、ずいぶん失礼な話だ。所詮《しょせん》は人頼みはあてにならないということなのか。

家に戻って三十分も経って、則行から電話が入った。「どうなっちゃったの？」と怒鳴ったら、暗い声で「申し訳ない、いま〔ターフェル〕に電話したら、ずっと前に帰ったっていうから」と謝った。デートの約束を忘れていたわけではないらしい。

「ちょっと面倒な事件に巻き込まれて、行けなくなっちゃったんだ」

「事件？　何なの、それ？　まさか死体にぶつかったとか……」

半分冗談で言ったつもりが、さっきの〔ターフェル〕でのことがあるから、裕美は自分でも笑えないものを感じた。

「えっ、どうして分かるのさ？」

則行は驚いた声を出した。これには裕美のほうも驚いた。

「えーっ？　じゃあ、ほんとに死体にぶつかったの？」

「ぶつかったって言ったって、ほんとにぶつかったわけじゃないけど」

「そんなの、当たり前じゃない。で、いつ、どこで？」

「朝、一番に北大の植物園の様子を見に行ったんだ。そしたらヤチダモの木の下に死体が転がっていた。原生林みたいなところだから、不気味な光景だったよ」

ヤチダモというのは、直径が一メートルにもなる巨木で、梢《こずえ》にフクロウがとまって、悪魔から人間を守るという、アイヌの言い伝えがある。もっとも、裕美はそんなことは知らないが、則行の見た光景の不気味さは、なんとなく想像できた。

「それって、まさか殺されたとか？」

「よく分からないけど、警察の様子から推測すると、殺人事件かもしれない。けっこう長時間、厳しく調べられたからね」

「調べられたっていうと、犯人かと思われたの？」

「まあ、そこまでは思わないだろうけど、第一発見者は疑われるものらしい」

「やだ……だけど、朝っぱらからそんな所へ何しに行ったのよ」

「仕事さ。最近、酸性雨のせいか、植物園の木の一部が枯れてきたっていう報告があって、昨日、課長から散歩がてら見てきておいてくれって言われていたから、そっちへ行く前に寄ってみたんだ」

則行の勤務先は、市役所の公園緑地課である。

「それにしたって、なにも休みの日に行くことないじゃない。私とのデートをすっぽかしてさあ」

「いや、すっぽかしたのは、だからそういうアクシデントがあったためだよ。仕事は午前中にすませて、ゆっくり間に合うはずだったんだ。それがあんなことになっちゃってさ。警察に行ってからは電話するひまもなかったし、それに、へたに電話して、赤ちゃんのところにまで刑事が行ったりしたら、ややこしいだろう」

「ばかみたい。なんで私のところへなんか、刑事が来るのよ」

「行くよ。どこへだって行くよ、刑事は。とにかく、何でも誰でも、関係のある人間は一応疑ってかかるのが商売なんだから」

「ふーん、そうなんだ……」

裕美はふと、〔ターフェル〕で小耳に挟んだ話を思い出した。「死んでるかも……」、「警察に……」と、あの女性は口走った。

「まさか、あれがそうじゃないわよね」

「ん? 何がどうしたって?」

「ううん、どうってことないかもしれないけど、さっき変な話を聞いたから」

裕美は〔ターフェル〕であった出来事を話した。

「ふーん、関連あるのかなあ……その二人、どんなやつだった?」

「男の人は三十ちょっとかな。女の人は四十ぐらい。最初、奥さん相手にセールスマンが何かの売り込みでもしているのかと思ったんだけど、話の内容がおかしいから、違うなって思って」

「そりゃそうだろう。セールスで、死んだとか警察だとか、言うはずがないよ」

「分かってるわよ、そんなこと。それより、このこと、警察に知らせたほうがいいのかしら？」

「知らせるって、その男女のことをかい？　やめておけよ、関係ないよ」

「関係あるかないか、調べてみなくちゃ分からないじゃない」

「そうじゃなくて、おれたちには関係ないっていうこと。関わり合いになったら、ものすごく面倒だぞ。そのこと、絶対、誰にも喋《しゃべ》るなよ。喋ったらえらいことになる」

「そうかなあ……」

「そうだよ。決まってる。それよか、仕事のことだけど、ポロ・エンタープライズって会社、どうかな？」

　則行は無理やり話題を変えた。

「何する会社？　それ」

「イベントだとか、コンサートだとかのプロモートをする会社だよ。社長以下三人だけのちっちゃい会社だけど、チケットやポスターをレイアウトするデザイナー、探しているみたいだから、ちょうどいいんじゃないかな」

「だめよ、私なんか専門にデザインやったわけじゃないんだから」

「いや、そんな立派なものじゃなくていいみたいだ。だいいち、そうでもなければ、赤ちゃんなんかに勧めたりするかよ。どうせ給料は安いだろうけど、嫌いな仕事をするよりはいいんじゃないのかな。とにかく、いちど行ってみたらどう」

「そうだなあ……そうね、せっかくだから行ってみますか」

「よし、決まった。それじゃ、あとで先方の都合のいい日、訊《き》いておくから」

電話を切りそうになるのを「あ、待って」と引き止めた。

「さっきのこと、やっぱり気になるけど、警察には黙っているつもり？」

「当たり前だって。頼むからさ、その話は忘れてくれよ。また警察へ行って、ゴチャゴチャするの、たまらないぜ」

則行は逃げるように電話を切ったが、裕美はいつまでもそのことが、気持ちの中で尾を引いた。

2

翌朝、立花則行から電話で、「昨日の事件のこと、新聞に載ってるの、見た？」と言ってきた。裕美はまだだったから、則行を待たせておいて、叔父《おじ》が読みおえたばかりの新聞を引っさらうようにして、電話のところまで持ってきて、社会面を広げた。

北大植物園《ほくだいしょくぶつえん》で殺人事件

十五日午前十一時頃、北大植物園の西寄りの林の中に死体があるのを、園内を巡回中の市職員が発見し警察に届け出た。死んでいたのは四十～五十歳の男性で、死因に不審な点があり、札幌中央署と道警察本部で調べたところ、ロープのような物で首を絞められ、殺害されたものと分かった。警察ではただちに中央署内に捜査本部を設け、捜査を開始した。犯行は十三日の深夜か十四日の未明とみられるが、現在までのところ、目撃者および、被害者の身元を示すような所持品はなく、警察は行方不明者など、心当たりがないか、市民の協力を呼びかけている。


「どうだい、おれのことニュースになっているだろう」

則行は自慢げに言った。

「ばっかみたい、これじゃ、立花さんだってこと、分からないじゃない」

「そんなことないよ。市の職員というのは、おれのことに決まってる」

「それにしたって、本人と警察は分かっているかもしれないけど、ほかのひとには分からないわよ。何の証拠もないし」

「分からないほうがいいんだよ。警察もそう言っていた。通報者の名前は伏せておいたほうがいいだろうって。マスコミがうるさいし、へたをすると、犯人に狙われるかもしれない」

「まさか……だって、犯人を見たわけじゃないんでしょう?」

「そうだけど、まあ、余計な騒ぎには巻き込まれたくないからね」

則行はしかつめらしく言って、

「それはそうと、仕事の件、ポロ・エンタープライズに話しておいたから、明日の午前中にでも行ってみてくれる？　できれば、履歴書のほかに何かデザインの作品見本を持っていったほうがいいな」

場所は、地下鉄東西線《とうざい》の大通《おおどおり》駅から一つ目の西《にし》11丁目駅で降りて、大通と南1条通とのあいだの通りに面した建物——と説明してくれた。

札幌に住んで十年になるが、裕美はいまだにこの街に馴染《なじ》めないでいる部分がある。札幌というところは、どこから来た余所者《よそもの》でも気軽に受け入れてくれるけれど、ワープロで打った手紙のように、きれいに整いすぎたそっけなさを感じさせる。

それは、たかだか百年しかない歴史の浅さに原因があるのかもしれないが、その点なら夕張だって同じことだ。しかし、夕張には、町にも人びとにも、土に根ざした存在感があった。札幌の街は映画のセットのように、あるいは雪まつりの雪像のように、時が経てば跡形もなく消えてしまいそうに、はかなく見えるのだ。

とはいえ、東西南北に碁盤の目のように仕切られた街並みは、かなり方向オンチの裕美にも分かりやすくていい。テレビ塔のある位置を中心に、大通を横軸、創成川通《そうせいがわ》を縦軸にした平面に、通りごとに「丁目」と「条」の座標を当てはめれば、すぐにその位置が割り出せるのが便利だ。テレビ塔から北へ「北1条」から「北51条」まで、南へは「南1条」から「南39条」まで。東へは「東1丁目」から「東30丁目」まで、西へは「西1丁目」から「西30丁目」まで——といった具合で、「条」と「丁目」の数字が交わる点を求めれば、住所は突き止められる。

ポロ・エンタープライズのある建物はすぐに分かった。一階と二階がオフィス、三階から上がマンション形式になっているらしい。しかし、さすがに都心部にあるだけに、マンション部分も住宅として使っている部屋はほとんどなく、ロビーの郵便受けには、軒並み会社名が表示されていた。

エレベーターで四階に上がり、薄暗い廊下を行った二つ目のドアに「ポロ・エンタープライズ」の札があった。

チャイムを鳴らすと、「はーい」と女性の声がして、すぐにドアが開いた。「失礼します、お電話で……」と挨拶《あいさつ》しながら、裕美は相手の顔を見て、あとにつづく言葉を飲み込んだ。大きなトンボ眼鏡の顔は、一昨日《おととい》〔ターフェル〕で見たばかりの女性だった。

「ああ、うちに来てくれるひとね」

女性は気づかないのか、愛想よく「さあ、どうぞどうぞ」と、玄関に招き入れ、スリッパを揃えてくれた。玄関からそのまま仕切りなくオフィスになっている。二間続きの部屋をぶち抜きに使ったオフィスである。デスクが四つと、打合わせ用の丸テーブル、それにコピーや印刷の機械らしいものがところ狭しと並んでいる。女性は「専務取締役　越川春恵《はるえ》」という名刺を出し、もう一人いる若い男性を、「彼、小野《おの》知之《ともゆき》クン」と紹介した。小野は椅子に坐《すわ》ったまま「いらっしゃい」と、人なつこい笑顔で、ペコリと頭を下げた。

越川春恵と丸テーブルを挟んで向かい合わせに坐り、裕美は履歴書を差し出した。

「グラフィック・デザインをしているんですって？」

越川春恵は履歴書に目を通しながら言った。履歴書の写真を見ても、何の反応も示さないところを見ると、一昨日の出会いにはまったく気づいていないらしい。度の強い眼鏡をかけているから、チラッと振り返って、斜めに見たくらいでは、記憶に残るほど見えなかったのかもしれない。裕美は腋《わき》の下に汗の滲《にじ》む思いだったが、ひとまずほっとした。

「グラフィック・デザインといっても、それほど本格的じゃないんです。それに、これは急いで描きましたから」

裕美は弁解じみた前置きをして、作品を見せた。十月から十二月までを一枚にまとめたカレンダーのデザインだ。昨日、立花則行から電話をもらって、慌てて描いた。

謙遜《けんそん》はしたものの、裕美としては、季節の果物と子供たちをあしらった、可愛らしい絵柄に仕上がったと思っている。

「いいじゃないの、すてきよ」

越川春恵は満足そうに頷《うなず》いて、「じゃあ、明日からでも来てくださる？」と言った。

「はい、でも、そんなに簡単に決めてしまっていいんですか？」

むしろ裕美のほうが心配になった。

「いいわよ、どうして？　何か都合の悪いことでもあるの？」

「いいえ、そういうわけではありません。どうもありがとうございます」

「こちらこそ……でも、そうね、こっちがよくても、あなたのほうがだめっていうこともあるわね。一応、うちの仕事の内容を説明しておきましょうか」

越川春恵の説明によると、ポロ・エンタープライズの「ポロ」は札幌の「幌」のことで、東京のプロモート会社と提携して、主として外国タレントの札幌公演をプロモートする会社なのだそうだ。

「たとえば、東京の大手の会社がアメリカのロック歌手を呼ぶとするわね。そうすると、日本各地で何回かの公演をしないと、ギャラがペイしないわけ。で、札幌公演てことになるのだけど、札幌にはこの手のオフィスは、うちともう一軒あるだけだから、たいていうちに声がかかるの。まあ、引き受けるか断わるか、そのときの条件次第なんだけど、多少のリスクはあっても、だいたい受ける方向で考えるわね。それから、会場探しとか、宣伝とか、チケット売りとか、大騒ぎがスタートするっていうわけ」

「ああ、じゃあ、プレイガイドで切符なんか売っている、あれはこちらの会社で扱っているんですか？」

「まあね、もちろん、東京の業者が直接やってるのが多くて、地方扱いはその中のごく一部だけど、外タレのものなんかは、わりとうちの扱いが多いのよ。ときには女子プロレスなんかもやったりするし」

「そうなんですか。ずいぶん大変なお仕事なんですねえ……私になんか務まるのでしょうか？」

「大丈夫よ。まさか、あなたに切符売りをさせるようなことはしないから……でも、たまにはお願いするかもね。人気があると思って受けた公演なのに、けっこう、あてが外れて、売れないケースもあるのよ。どんなに高価なチケットだって、公演の翌日はただの紙っ切れになっちゃうでしょう。シートの七割は売れないと赤字だから、こっちは必死ね。マッチ売りの少女みたいに、夜中まで、一枚でも多く売ろうと、駆けずり回ることもあるわよ。それと厄介なのは会場探しかな。公演は決まっているのに、コンサート会場がなかったりしたら、それこそ大変。札幌は文化都市なんて言ってるけど、意外と大ホールが少ないの。サッポロファクトリーなんか、あんなふうにレストランのお化けみたいなのにしないで、大ホールにしてくれたら、札幌の文化の向上に役立ったと思うんだけどなあ」

越川春恵はじつによく喋《しゃべ》る。一昨日の印象からいっても、口も八丁手も八丁という感じはしたが、それにしても達者なものだ。

彼女が言った〔サッポロファクトリー〕というのは、サッポロビールの工場跡を改装して、世界各国の料理の店や、土産物の店をテナントとして出店させた、一種のテーマパークのようなものだ。札幌の市街地のど真ん中に、体育館のような巨大温室のような、広大な空間を現出した。裕美も何度か行ったことがあるけれど、それはそれでけっこう楽しめたから、「大ホールに」という発想などまるで持たなかった。人それぞれ、立場によって考えることが違うものだ――と、越川春恵のよく動く口を見ながら、裕美は思っていた。

とにかく明日から出社――ということだけ決めて、裕美はポロ・エンタープライズを後にした。越川春恵がついに自分の正体を見破れなかったことで、裕美は何よりも安心できた。要するに、彼女は裕美の顔を見ていなかったのだ。

それに、一昨日発生した殺人事件の被害者が〔ターフェル〕での会話の中に出てきた人物ではなさそうなことも安心の要因であった。もし同一人物だとしたら、越川春恵が新聞を見ていないはずはないのだから、あんなに平然とした態度ではいられないだろう。

そうはいっても、それならそれで、〔ターフェル〕でのあの会話はいったい何だったのかが、やはり気になる。あんな物騒な話をしていながら、それらしい気配をおくびにも出さない越川春恵の神経の太さも、なんとなく不気味なものを感じさせる。

夕刻、すすきの駅で則行と落ち合って、〔賓龍《ほうりゆう》〕のラーメンを食べた。ちっぽけな店だが、この辺りではいちばん旨《うま》いと評判で、店の中にはいたるところの壁にタレントや有名人の色紙が貼ってある。いつも行列ができていて、きょうも十分ばかり並んで待たされた。

ラーメンを啜《すす》りながら、裕美が改まって就職の決まった礼を言うと、則行は「礼なら姉貴に言ってくれよ」と言った。

「姉貴の店に来るお客がポロ・エンタープライズの社長でさ。その人に頼んだんだ。社長とは会わなかったのかい?」

「うん、専務の肩書のある女のひとがいて、いっぱつで採用してくれた」

「ああ、その人が社長の奥さんだよ。おれは会ったことないけど、いかにも遣《や》り手って感じだろう」

「そうね、そうだけど……」

「なんだ、あまり気乗りしない顔だな。気が進まないんだったら、無理に勧めなくてもいいよ。べつにそれほど義理があるわけじゃないんだから」

「ううん、そういうわけじゃなくて……ちょっとね……」

裕美はしばらくためらったが、思いきって言った。

「その専務なんだけど、じつは一昨日《おととい》、ターフェルにいた女性っていうのが、そのひとだったのよ」

「ターフェルにいたっていうと……えっ、あの、死んでるかもとか、警察とか、そういう話をしていたっていう、あれかい？」

則行は、口に入れたラーメンの処置に手間取りながら、訊《き》いた。

「うん、そうなの。先方はこっちに気づいてなかったみたいだけど、ひと目見た瞬間、びっくりしちゃった」

「ほんとかよ……ふーん、偶然とはいえ、驚いたなあ。しかし、その話だけでは、べつに何だか分からないのだろう。黙っていればいいんじゃないのか。ん、待てよ。もしかして、植物園で死んでいた男っていうのが、その話に出てきたやつじゃないのかな」

「私もそう思ったんだけど、専務の感じからして、それはないみたい」

「そうか……ちゃんと見るべきところは見ているんだ。赤ちゃんもこれでなかなか鋭いからなあ」

「そりゃそうよ、けっこうミステリーなんかも好きだしね」

裕美は得意そうに言って、ついでに、もっともらしく首を傾げて訊いた。

「だけど、ニュースだとさ、その男の人が殺されたのは真夜中みたいでしょう。北大植物園て、夜中でも入れるの？」

「いや、それはふつうは入れないよ。植物園には東西南北四ヵ所の入口があるけど、一般客が入れるのは東側の正門だけ。それも五時になれば閉まっちゃうし、あとの三ヵ所はふだんは閉まったままだ。けど、入る気になれば塀を乗り越えればいい。それと、南西の角のところに倉庫だとかがあって、そこの塀は古くて、ちょっと低いんだ。それ道路からだと死角になっていて、人目につく心配はないし、警察では、そこから入ったんじゃないかって言っていた」

「そうすると、わざわざ塀を乗り越えて殺されに行ったのか……そうか、殺したほうもそうしたわけよね。なんでそんな場所を選んだのかしら？」

「まあ、そんなことはどうでもいいじゃないか」

則行は、もううんざり——というように手を振って話を打ち切った。

店を出ると、そこから近いビルにある〔ユリアンヌ〕へ行った。まだ店を開いたばかりで、客は一人もいない。店内を女のコが掃除していて、則行の姉の立花穏代がドアを大きく開けているところだった。札幌のこういう雑居ビルの中の店は、営業中、ドアを開けたままにしておくのがふつうで、裕美も不思議に思わなかったのだが、東京ではどこの店も締め切っているそうだ。廊下に面して、バーやクラブのドアが軒並み、開けっぱなしになっているのを見て、東京や関西から来たはじめての客は必ずびっくりする。

裕美が仕事を世話してもらった礼を言うと、穏代は「決まったの、それはよかったわ」と喜んだ。

「ここだけの話だけど、ちっちゃな会社だったでしょう。だからあなたに断わられるのじゃないかって、内心びくびくしていたの」

「いいえ、とんでもない。私みたいな何の才能もない人間は、雇ってもらえさえすれば、ありがたいのですから」

「才能がないなんて……でも、そう言ってくれると、紹介した私も嬉《うれ》しいわ」

せっかく来たのだし、就職のお祝いだからと、穏代は二人のタダ客にビールを振る舞ってくれた。塩ラーメンで喉《のど》が渇いていたところだから、心にしみ込むように旨かった。

「ところで姉さん、おかしな話なんだけど」と、則行が声をひそめて言い出した。裕美は黙っていてくれればいいのに――と思ったが、止める間もなかった。

ポロ・エンタープライズの越川春恵が、じつは一昨日〔ターフェル〕で裕美の目撃した女性だったこと。それに、彼女が男と妙な話をしていた――と聞いて、穏代は眉《まゆ》をひそめた。

「死んでるだの、警察だの、行く先だのっていうと、なんだか、誰かが行方不明になっていて、ひょっとすると死んでいるのかもしれない――みたいな話だわね」

「ええ、私もそのとき、そんなふうに思いました」

裕美は頷《うなず》いた。

「越川夫人は誰のことを言っていたのかしらねえ？」

「まさかご主人のことじゃないだろうな」

則行が言った。

「えっ、社長が？……ばかねえ、そんなはずないでしょう。つい先週の木曜日に、ここにいらしたばかりなんだから」

穏代が呆《あき》れて打ち消した。

「そうですよ」と裕美も言った。

「それに、もしご主人が行方不明だったりすれば、いくらなんでも奥さんは平気ではいられないんじゃない」

「それはまあ、そうだけど……じゃあ、誰なのかなあ」

とどのつまり出発点に戻って、三人とも黙ってしまった。

3

稔代は赤山裕美の話を聞いて、植物園の殺人事件を連想したとき、ほんの一瞬だが、ふと、身元不明の被害者というのは白井信吾ではないか——と思った。新聞の報道では、たしか年齢が四十歳から五十歳ぐらい——ということだった。白井は四十四か五か、そのくらいのはずである。（まさか——）と、独りで笑ってしまった。そんなばかなことがあるわけはない。白井は先週の木曜日にポロ・エンタープライズの越川社長と一緒に十時過ぎまで飲んで帰った。「明日は東京だ」と言っていた笑顔には、まったく屈託した様子などなかった。

それにしても、殺人事件の被害者に、どうして白井を思い浮かべたりしたのか、稔代は自分の精神状態が不思議だった。やはり気持ちのどこかにいつも、白井のことがあるのかもしれない。その証拠に、事件のその後がどうなったのか、妙に気になる。

翌朝の新聞でも、事件の進展は何もないと報じていた。被害者の身元さえ、いぜんとして不明なのだそうだ。殺されてから丸四日を経過したというのに、どこからも身元の照会がないというのは、地元の人間ではないからかもしれない。だとすると、東京の人――穏代はしだいに深刻に、白井のことが心配になってきた。

昼前に、思いきって東京の白井の会社に電話してみた。「はい、大同《だいどう》プロモーションです」という若い女性の声が出た。「白井さんはいらっしゃいますか?」と言うと、「どちら様でしょうか?」と訊き返された。

偽名を使うべきかどうか迷ったが、とっさに嘘の言える性格ではない。穏代は「立花と申します」と名乗った。

「白井はただいま出張中ですが」

「あ、そうですか……あの、どちらへいらっしゃったのですか?」

「北海道ですけど」

「北海道……」

「あの、どういうご用件でしょうか?」

女性は少し警戒した様子だ。女からの電話なんて、ろくなものじゃない――とでも思っていそうな、若い冷たい声であった。ツケが溜《た》まっていたりして、お客の会社に電話することは少なくないが、電話に女性が出ると、なぜか萎縮《いしゆく》してしまう。不倫か何か怪しい関係と思われはしまいかとか、そこまではいかないにしても、お客に恥をかかせることになりはしまいかとか、余計な気を遣うせいかもしれない。

「あ、いいえ、白井さんにコンサートのチケットをお願いしてあったもので、どうなったかと思いまして。でも急ぎませんから、またお帰りになったころ、お電話します」

穏代は慌てて電話を切った。心臓の高鳴る音が聞こえた。

白井は北海道に来ているのだ。先週の金曜日に帰って、またとんぼ返りのように北海道出張ということなのだろうか。それとも、何かの事情であの日には帰らず、そのまま札幌に居続けているのだろうか。

「ばかねえ……」と、穏代は舌打ちをした。いつ出張したのか、お帰りはいつか――ぐらいは訊《き》けばよかったのに。

カーテンを開けて都心の方角を眺めた。穏代のマンションは十二階建てで穏代はその八階に住んでいる。

札幌市豊平《とよひら》区平岸《ひらぎし》のこの辺りは、かつてリンゴ園として開けたところだった。市街化が進んで、その面影はわずかに公園の一部やリンゴ並木などに残る程度だけれど、住環境としては優れた土地柄だ。近くには月寒《つきさむ》公園があるし、神社など緑地が多い。

マンションの周辺には高層ビルは少ないから、北側に面したこの窓からは、豊平川《とよひらがわ》の流れや、その向こうの中島《なかじま》公園、パークサイドホテル、そしてビルの建ち並ぶ札幌中心街までが見通せる。マンションの反対側からは羊ケ丘《ひつじがおか》にある北海道農業試験場の広大な草原から白旗山《しらはたやま》までの、なだらかなスロープが広がっている。

白井の札幌での定宿はパークサイドホテルと聞いている。ススキノからは歩いてもせいぜい二十分程度で行ける距離だ。酔いを冷ましながら帰るのにちょうどいい――と、白井が言っていたことがある。

（あそこにいるのかしら――）

パークサイドホテルのクリーム色の建物を望みながら、穏代はぼんやりと思った。白井が札幌に来ているときや、ついさっき店で別れたばかりの夜など、あの窓のどこかに白井がいると思うと、胸にツンとくるものを感じたりする。うぶな乙女じゃあるまいし――と、われながらばからしくなるが、人間、いくつになっても、そうした煩悩に変わりはないのかもしれない。

そろそろ美容室へ行かなくちゃ――と思ったとき、電話が鳴った。

（また母さんかな、同居の話なら堪忍してもらいたいわね――）

母親は弟の則行と一緒に東区のほうに住んでいる。まだ老いを言うほどの歳ではないのだが、つれあいに死なれてから急に気弱になったらしく、顔を合わせるたびに、ふた言目には「一緒に住もうよ」と誘う。せっかく札幌に帰ってきたのに、べつべつに住んでいることはないじゃないか――と言うのである。則行は「いいじゃないか、近くにいるんだからさ」と、あっさりしたものだが、女親は聞き分けがなくて困る。「だめなものはだめ」と、そっけない返事の言い方まで用意して、受話器を取った。「はい」と、こっちの名前は言わない。勧誘やつまらない電話だったら「違います」

と切るために、いつもそうしている。それに、女名前で電話帳に載っているので、ときどきいたずら電話が入る。それを警戒した。

「立花さんですか？」

男が、探るような声で言った。

「あの、どちら様でしょうか？」

「立花さんですね？」

「そうですけど、どちら様？」

失礼なやつだ――とカチンときた。

「白井さん、いますか？」

「えっ？……」

たったいま、白井のことを想っていただけに、穏代はドキンと、心臓に大砲でも撃ち込まれたようなショックで、息が停まるかと思った。

「白井さん、出してくれませんか」

男はこっちの動揺した様子を察して、自分の質問の効果を楽しむように言った。

「あの、どういうことですか？　どちらさんですか？」

不安感の裏返しに、穏代はついトゲのある声になった。相手はしばらく考えている気配を感じさせてから、言った。

「警察ですがね。白井さん、ちょっと出してもらいたいのですが」

「警察……」

また大きなショックに襲われた。植物園の殺人事件のことが頭をかすめる。

「あの、何かのお間違いではありませんか？　うちには白井っていう人はいませんけど」

「そんなはずはないでしょう。隠さなくてもいいんですよ」

「隠す？　どうして隠さなければならないんですか。ほんとうに、いないものはいないんですからね。だいたい、白井さんて、どこの白井さんなんですか？」

「分かってるでしょう。大同プロモーションの白井さんですよ」

「えっ、東京のですか？　白井さんがどうかなさったのですか？」

「どうかって……あんたねえ、とぼけないでもらいたいですなあ。そこにいるんでしょう？　分かってるんだから」

舌打ちの音が聞こえてきそうな口調だ。

「いませんて。何度言えばいいんですか？　白井さんはうちのお店のお客様ですけど、私の自宅《うち》にいらっしゃるようなことは一度もありませんよ」

「……」

沈黙が流れた。こっちの言うことを信じたのか、それともひと筋縄ではいかないとでも考えているのか――。

「まあ、いいでしょう」

鼻先でせせら笑うような言い方だった。そのまま電話を切りそうなので、穏代は追いかけて訊いた。

「あの、白井さんが何か悪いことでもしたんですか？」

「まあ、そういうことですな。じゃあ、どうも」

ガチャンと、耳が痛くなるような電話の切り方だ。最後まで傲慢《ごうまん》無礼な態度だった。

まったく、警察なんて――と腹を立てながら、でも、いまの男が警察の人間であるという証拠はないんだ――と気づいた。男にそう言われただけで、確かめようとする気も起こさなかった自分が情けない。もっとも、確かめるといったって、どういう方法があったのだろう――。

（うちの電話番号、どうして知ったのかしら？――）

もちろん、立花穏代の名前を知ってさえいれば、電話帳に記載されているのだから知ることはたやすいが、白井信吾との関係を知っている人間で穏代の知人となると、ごく限られる。

しかも、いまの電話のようなニュアンスで電話をしてくる人間なんて、そうザラにいるとは思えない。いまの電話は、明らかに白井のことを追いかけている気配を感じさせた。警察でなければ借金取りか、ヤクザか――といったところだ。

（だけど、そのどれにしたって、なぜこの私のところなのよ――）

かりに白井が逃げているのだとしても、その行く先がなぜ穏代のところに特定されるのかが分からない。白井本人がそうとでも言わないかぎり、潜伏先が立花穏代の家だなどという発想は生じようがないだろう。

穏代と白井との接点は〔ユリアンヌ〕だけに限られる。あくまでも〔ユリアンヌ〕の客としての付き合いだ。残念ながら、それ以上でもそれ以下でもない。

となると、白井の潜伏先として穏代のマンションに目を付けたのは、〔ユリアンヌ〕での接点を知っている人物ということになる。しかも、そのことだけを知っていて、二人の関係がそれ以上の深い付き合いであると思い込んでいる人間だ。

（誰かしら？――）

穏代は頭の中に、つぎつぎにそれらしい人物を思い浮かべてみた。

店の女のコたちはどうだろう。トモミ、美穂子、加奈子――あのコたちはそんな勘繰りはしない、と穏代は思う。だいいち、隠すより顕《あら》わるというけれど、どんなにうまく取り繕ってみせても、そういう関係になればしぜんと分かるものである。〔まゆ〕のママが言っていたとおりだ。穏代と白井はただのママとお客の関係でしかないことは、彼女たちがいちばんよく知っているはずである。

だとすると、店のほかのお客だろうか。お客なら、下司《げす》の勘繰りよろしく、やっかみ半分にママと客の関係を邪推するようなことがあっても、不思議はない。それにしたって、お客の中に白井のことを知っている人間がそう何人もいるとは思えない。たとえばポロ・エンタープライズの越川社長――。

（えっ？　まさか――）

慌てて打ち消したけれど、たとえばの話、そういうことなのだ。電話の男の声は、もちろん越川社長のものでもなかったし、ほかのお客の誰にも思い当たるものはなかった。しかし、本人ではなく、代わりの人間――たとえばヤクザの取立て屋――みたいなものは考えられないわけではない。

警察、ヤクザ――どっちにしたって、あまり付き合いたい相手ではなかった。

（それにしても白井さん、何をしたっていうのかしら？――）

思案はまたそこに戻っていく。さっきの大同プロモーションに電話したときの、女性の言葉も気になる。先週の金曜日に帰ったはずの白井が、また――あるいはまだ、北海道に出張中だというのも、なんだか不自然なような気がしてならない。ひょっとすると、会社の金の遣い込みということだって考えられる。

追跡者の手を逃れ逃れて、旅路の果ての寒々とした野辺に潜む白井の姿を想像した。もうじき冬だっていうのに、北海道なんかにどうして来るの？

（いっそのこと、ほんとにうちに逃げていらっしゃいよ——）

穏代は窓ガラスの向こうの札幌の街に呼びかけたい衝動に駆られた。

その日は美容室に行っても、店に出ても、昼間の電話が頭から離れない。美容師には「どうかなさいましたか？　お顔の色が悪いですよ」と言われた。言われなくても鏡の中を見れば、とてもいつもの自分とは思えないひどい顔をしていた。唇はかさついて口紅の乗りが悪い。

店でもぼんやりしていることが多かった。馴染《なじ》みのお客が来ても、ぼけーっと気づかずにいて、トモミのキャンキャン声で教えられるありさまであった。それでも夜が更けるにつれてふだんの調子を取り戻したのは、職業意識のせいにちがいない。

カラオケ好きのお客に和してデュエットを歌っていると、カウンターの奥にいる美穂子が「ママ、お電話」と呼んだ。カウンターにはあまり見かけない陰気くさいお客が独りでグラスを傾けている。その脇から「失礼します」と手を伸ばした。

美穂子は送話口を手で覆いながら、「白井さんにっておっしゃるんですけど、いらしてませんて言ったら、ママに代わってくれって」と言った。

「えっ、白井さんに？……」

急いで受話器を摑《つか》んで、美穂子には「あちら、お願いね」とカラオケの客を目で示しておいてから、言った。

「はい、お待たせしました。お電話代わりましたけど」

「白井さん、いないって？」

昼間の男の声ではなかった。いつも白井に電話してくる、トーンの高い、どちらかというと陽性な声だ。電話があるときは決まって白井が来ていて、すぐに電話を渡す。してみると、白井と付き合いのある人物ということなのだろう。穏代はひとまずほっとした。

「伝えてほしいんだけど、いいですか」

「はい、どうぞ。でも、いらっしゃるかどうか分かりませんが」

「いや、行くはずです。行ったら伝えてくれればいい」

「はい、かしこまりました。あの、そちら様のお名前は？」

「いや、名前はいいから、用件だけ伝えてください。明日は午後八時九分です――と。いいですね。午後八時九分、間違えないようにしてくださいよ」

「午後八時九分て、それだけ言えばお分かりになるのですか？」

「ああ分かりますよ。じゃあ頼みます」

あっさり電話を切った。

(午後八時九分――)

穏代はメモ用紙に数字を書きながら、いったい何なのかしら？――と首をひねった。

白井が電話に出ても、「×時×分ですね」と復唱しているから、同じような内容の連絡なのだろう。待ち合わせの時間だとしたら場所を言いそうなものなのに。いつも会う場所が決まっているということなのか。それとも、そうか、千歳《ちとせ》空港のフライトの時間かもしれない。

反射的に時計を見た。十時を過ぎたところだった。そういえば、以前、二度ほど穏代が電話に出たとき、どちらもだいたいいま時分だったような気がする。もしかすると、あらかじめ時間を決めておいて、連絡してくる約束ができているとも考えられる。

(なあんだ——)と、穏代は少し興ざめした。白井がこの店に来る目的は、じつはその電話を待つためだったのか——。

しかしたとえそうだとしても、白井が〔ユリアンヌ〕をアジトとして使い、自分がいないときはママに言伝《ことづ》てを頼むようにしておいたということは、とりもなおさず穏代に対する信頼感の表われであることは確かだ。

(それでもいいとしますか——)

そう思うのと同時に、穏代はまた昼間の電話を思い出して、新たな緊張を強いられることになった。警察——かどうかは分からないけれど、白井は追われている身なのだ。ことによると、この店に現われることも難しいのではないか。

「ママ！」とトモミが手を振っている。カラオケ好きの客がお呼びなのだ。「すみません、ちょっとお電話が入ることになっていますから」と断わって、陰気な客の相手を務めることにした。

「ごめんなさい、ほっといて」

「いや、おれは独りがいいって、あのコに言ったんだ」

男は美穂子のほうに顎《あご》をしゃくって、面倒くさそうに言った。四十前後だろうか、ひげの剃《そ》り跡の濃い、鼻先と顎の先の尖《とが》った、ちょっと見にはいい男なのだが、病人のように精気のない顔である。どこの出身なのか、言葉に妙なイントネーションがあった。

「そうなんですか？　そういえば以前お見えになったときもお一人でした？」

「いや、おれはこの店ははじめてだよ」

「あら、そうでしたかしら？　前にもお目にかかっているような気がしたものですから。失礼しました。あの、ここのママの穏代です。どうぞよろしく」

穏代は名刺を出した。相手の名刺も期待したのだが、客は「どうも」と穏代の名刺を無造作に上着のポケットに突っ込んだだけで、知らん顔をしている。よほど独りがいいとみえて、とりつく島もない。

「お名前、お訊《き》きしてもいいかしら？」

おずおず言ってみた。

「山田《やまだ》だよ」

すぐに答えたが、なんだか本当かどうか疑わしい言い方だった。早くそこから消えてくれ――みたいな、そっけなさだ。

しかし、穏代はその客の前を離れるわけにはいかなかった。いつ白井が現われるか――いや、それよりも電話が入ることが気になった。白井の電話には、ほかのコに出てもらいたくない。

そうして二十分ほど経過して、電話が鳴った。白井だった。

「ああ、白井さん……」

穏代はカウンターに背を向け、なるべくお客から遠ざかり、受話器を隠すようにして言った。どういうわけか声が潤んだ。

「やあ、今晩は。僕に電話、なかった？」

「ありましたよ」

無意識のうちに、まるで恨んででもいるような口調になった。

「男の方からで、明日は午後八時九分ですって、そう伝えてくれればいいとおっしゃってました」

「そう、午後八時九分ね。どうもありがとう。お店、賑《にぎ》やかそうだね、忙しいの？」

「ええ、まあどうにか。白井さんはいらしてくださらないんですか？」

「うん、今夜はちょっとね……ところで、近くに誰かいない？」

「えっ？　ええ、いらっしゃいますけど」

「お客さんか。どんな人？」

「どんなって、中年の男の方で、はじめて見えた方です」

「はじめて？……」

白井は気に入らないような声を出した。

「名前は訊いた？」

「ええ、山田さんておっしゃるそうですけど、違うかもしれません」

穏代はいちだんと声をひそめた。

「ふーん、山田ね……」

白井は考え込んだ。

「あの、いまどちらなんですか？」

「ん？　ここか、ここはどこなのかな、よく分からない。道路脇の公衆電話だけど」

「札幌ですの？」

「ああ、まあね」

まるで居場所を教えたくないような口ぶりである。やっぱり何かあるんだわ——と、
穏代は心が波立った。

「白井さんにちょっとお話ししたいことがあるんですけど」

「話? 何かな、しかし小銭が切れるから、またかけ直すよ、じゃあ」

あっけなく電話が切れた。胸にどーんと重く淀《よど》んだものが残った。

カウンターの陰気な客が立ち上がって、「お勘定」と言った。

4

越川春恵が夫の伸夫《のぶお》の様子にかすかな疑いを抱いたのは、もう一年も前に遡《さかのぼ》る。大同プロモーションの白井の勧めで、アメリカの大物ロック歌手・マッケンドールの札幌公演をプロモートすることになって、その仕込みに明け暮れている最中だった。

マッケンドールほどのタレントを招くとなると、それ相応の入れ物——大ホールを用意しなければならない。最低二千席ぐらいがあって、完売とまではいかなくても、その七割程度を売らないと、仕込みの実費がペイしない。

逆にいえば、七割確保しさえすれば、あとのぶんはほとんどが純益として計上できる勘定になる。二千席を完売した場合、六千円のチケットが六百席ぶんとすると三百六十万円——悪くないビジネスだが、その代わりリスクも大きい。

マッケンドールならまず間違いなく満員は保証できるとはいうものの、物事に「絶対」はない。いざフタを開けてみたら、閑古鳥《かんこどり》が鳴いていた――という苦い経験は、これまでに何度も味わってきた。

ヒットチャートの上位にいる歌手を、高い金で引っ張ってきたら、レコードの売り上げとは裏腹に、有料入場者が五割にも満たない事態が生じたこともある。そんなことじゃ出演者のノリが悪くてステージがさまにならない――と先方のマネージャーに厭味《いやみ》を言われて、ダフ屋どころか、タダ同然で知り合いの会社に買ってもらったり、学生を無料で招待したりして、なんとか人数だけは八割がた揃えたが、もちろん大赤字になった。

そうかと思うと、出演者が到着しないアクシデントにも見舞われた。病気休演なら諦《あきら》めもつくが、成田《なりた》空港で麻薬不法所持の現行犯で入国を拒否された、などというケースでは、腹が立って、蹴飛《けと》ばしてやりたいと思ったほどだ。

出演者の事故だけではない。台風や冬の季節風などで津軽《つがる》海峡が大シケで、楽器やステージセット、照明器具、音響装置等々を載せたキャラバン隊が、対岸の青森で足止めを食ってしまうこともあった。キャラバン隊は大物タレントなど、十台から多いときは三十台ものトラックを連ねてくる場合もある。それほどの規模のものは、とてものこと札幌の業者や設備で代用するわけにはいかないから、公演は中止ということになる。

そんな場合はもちろん入場料は払い戻しだし、会場費、広告費、チケットの印刷代、会場整理の人件費、交通費、その他もろもろの経費はすべて欠損になる。出演料に関しては契約書に、そういう場合には出演者への保証はしないという条項があるので、そっちのほうは双方が「泣く」ことで解決するのだが、かかった実費だけでもばかにならない。これでよく会社が潰《つぶ》れないものだと、われながら感心することは少なくない。

マッケンドールの公演のときは、ホールの確保で苦労させられた。札幌には二千席以上のホールはたった一つしかない。しかも休日やその前日などは一年も前から仮押えされているケースが多い。使う予定はないのだが、とりあえずホールだけを確保しておくというのである。それをなんとか頼み込んで譲り受ける。もちろんタダでは話はつかない。それを商売にしているとしか思えない連中もいるのだ。

人口百七十万人、政令指定都市四番目の文化都市、札幌――と豪語しているけど、コンサートを開ける大ホールもろくすっぽないなんて――と、そういう苦労に直面するたびにぼやきが出る。

〔サッポロファクトリー〕が話題になったときには、大ホールになるという噂もあったので大いに期待したのだが、実現しなかった。やはり企業としては、テナントがいくつも入り、日銭が入る、ああいうレストランと物産店の集合体のようなものが、採算面からいえばいいとしたものなのだろう。

越川夫婦がいまの会社を始めたきっかけは、東京のプロモート会社が、十一年前に倒産したことにある。春恵はそれより七年前、夫の伸夫は九年前からその会社に勤めていた。同じ北海道出身という親近感も手伝って、知り合って三年目に職場結婚した。

春恵は経理事務、伸夫のほうは主として企画・営業畑の業務に携わっていたが、会社がだめになる二年前ごろから、独立して郷里の北海道に同様の会社を創りたい――という夢を持ちはじめていた。それから、あれやこれやと夫婦で相談しプランも練って、その構想がふくらみ、確定したのと時を合わせるように会社が倒産した。まさにグッドタイミングだったといっていい。

中央の劇団、歌手、プロレスなどが地方で公演を行なうさい、かつてはその土地その土地の興行師とよばれる人々や会社が請け負ったり手配をしたりしていた。いまではプロモーションとかエンタープライズとか横文字に変わったが、その実態までが大きく変わったわけではない。暴対法が施行されてからは少なくなったとはいえ、いぜん暴力団絡みの興行もあるし、現に、ポロ・エンタープライズの仕事に暴力団系のプロモート会社から不当な干渉を受けたことがある。

そういう意味では、ずいぶんしたたかに鍛えられてきたつもりの春恵だ。多少のことではへこたれないし、社長の伸夫が投げ出しそうな事態が起きても、なんとかやり繰りして持ち堪《こた》える。金融関係者や機材の貸出し業者などのあいだでは「泣きのお春ちゃん」と、いかにも迷惑そうなニックネームで通用している。土壇場になると「なんとかしてェ！」と悲鳴のような泣きを入れて、拝み倒すのである。それでもそのつど、きちんきちんと返すものは返し、義理も果たしているからこそ「泣き」も通用するというものだ。

そうして曲がりなりにも創立十周年を無事通過した。春恵は四十歳の大台に乗ったし、これからは心機一転、新しい方向へ進むことを考えなければならない。具体的にいえば、万事が万事、東京の大同プロモーションなどをあてにしていたビジネスを、最初の企画段階から自分たちの手だけでやるような、オリジナリティが必要になるだろう。

十年前と較べれば札幌の文化的環境はずいぶんと様変わりしたものである。その当時はまだ「ドサ回り」などといった言い方がぴったりの興行が多かったが、最近ではイベントの担い手は若者の手に移り、音楽やセンスだって東京とリアルタイムで肩を並べる。古い興行師の感覚では、いつまで経っても中央の代行・便利屋程度としてしか存在しえない。これからは、越川夫婦のような若いセンスもあり、新しい息吹を吸収できる世代の人間がイニシアチブを取っていかなければならない。

（さあ、いよいよわれらの時代だわ――）と意気込んだ矢先、肝心の伸夫社長の様子がおかしくなった。

　だからといって、具体的にどうこうと、はっきりした証拠なり兆候なりを指摘できるほどのものがあるわけではない。生活のパターンもほとんど変化がない。毎日同じ家、同じ職場で暮らしているのだから、そのことはよく分かる。

　といっても、会社に出る時間や帰宅時間までが夫婦一緒ということは、もともとなかった。仕事の内容が違うし、春恵には家事もある。ことに伸夫のほうはサイドビジネスとして、商店や小さな会社を相手に、広告宣伝の仕事や、ときには経営コンサルタントまがいのことまでしているので、必然的に外歩きや付き合いが多く、しばしば深夜のご帰館ということにもなる。それを含めての生活パターンに変わりがないということなのである。

　ただ、何かが変わったことは事実だ——と春恵は思う。それまではすべて開けっ広げだった意思の疎通が、どこか一部分だけ閉ざされたような気配を感じる。漫然としていれば気づかないのかもしれないが、女の勘というのか、動物的な嗅覚《きゅうかく》というのか、とにかく何か隠している——と感じるのだ。うわべはそれまでと変わりなく、よく働くし、ジョークも言うし、夜の夫婦のことだって、それは若いころとは違うけれど、それなりにちゃんとしたものだし、べつに不満があるわけではないが、しかしどこかが違う。

何かが欠けたというのではなく、何かがプラスされたのかもしれない。それまでなかった何かが、伸夫の性格というのか、資質というのか、とにかく伸夫のどこかにプラスされて、そのぶん、春恵との距離が生じたのかもしれない。

女は早熟で、子供のころは男子より優れている面が多いが、ある年代を過ぎると男性に追い抜かれる——と聞いたことがある。それは悔しいけれど認めざるをえないと春恵も思う。春恵は自他ともに認める男勝りで、行動力や大胆さでは男になんかひけを取らない自信はあるが、発想だとか着想といったことになると、大きく飛躍した知恵は、あまり浮かんでこない。その代わりに、こまかなところにはよく気がつくし、改良や改善、微調整といった点については、いい知恵も出る。たとえばインテリアなんかは、女性の得意な領分といっていいだろう。

しかし、大きな、とんでもないような発想の転換となると、男はすごいなあ——と感服させられる。それも、ほとんど何の前触れもなく、ある日突然、自分には想像もできないようなことを思いついたりするのには、とてもついていけない気分だ。

ポロ・エンタープライズの業務を、中央から独立したオリジナルなものにすると言い出したのは伸夫のほうだった。五年も前のことである。春恵も漠然とだけれど、将来的にはそうありたいと思っていたが、その時点では「まだ早いわよ」と抵抗した。せっかく、なんとか収支のバランスが取れてきたばかりだというのに、そんな冒険はできないと主張した。仲夫も案外あっさりと「そうかな」と引っ込んだ。それはたぶん、会社創立の資金を春恵の父親のほうから出してもらっている負い目のせいだったのだろう。

女子プロレスの興行を丸抱えで仕切ろうと言ったときも反対した。

「ちょっとギャンブルだが、利益率は高いし、これだけのものを自前で仕切れるというのは、業界に対するアピールになる」

仲夫は大乗り気だったが、春恵は真っ向から「だめよ」と言った。「儲《もう》かるかもしれないけど、イメージが悪いもの」というのが春恵の反対理由だった。春恵にはコンサートを中心にしたプロモーションという、会社のあるべき姿のイメージがあった。そのときは仲夫も珍しく後に引かず、好き嫌いで選択するのは間違いだと言いつのったが、結局、春恵の意見が通り、女子プロレスは東京の業者が主体で興行し、ポロ・エンタープライズはそれを手伝うかたちになった。

結果的には春恵の主張が間違っていたとは思わないが、仲夫の意志を屈伏させたことは否めない。その点は春恵は反省している。

もともと、仲夫は春恵と論争するのを好まないようなところがある。家の中のことはすべて春恵に任せっきりで、自分は春恵の指示どおりに動く。風呂の掃除、庭木の手入れなども、春恵がいちど頼めば、その後もこまめにやってくれる。ほんとうにいい夫だし、むしろよすぎて物足りないくらいだ。

そう思っているくせに、伸夫が何か大きなことをしたいというときには、まず反対意見をぶつけてしまうのだから、あまりいい妻とはいえないのかな——と、春恵はときどき思うのだ。

伸夫が変わったのは、もしかすると大同プロモーションの白井との付き合いが緊密になったころからかもしれない。伸夫と白井とは、春恵たち夫婦が東京の元の会社にいるころからの付き合いだ。業界のパーティか何かでたまたま一緒になって、白井と雑談をしている過程で、北海道にプロモート会社を創る話が浮上した。

「そういうものを越川さんがやってくれれば、大同プロモーションとしては大いに応援させていただきますよ」

白井はそう言ってくれて、それが伸夫の気持ちを揺るぎのないものにする決め手になったのだそうだ。現実に札幌で会社を始めてからも、白井は何かと援助の手を差し伸べてくれた。大同プロモーションが扱うビジネスのうち、地方公演を必要とするもののほとんどについて、ポロ・エンタープライズに声をかける。最初のころは受注から公演までにいたる段取りのノウハウを、すべて指導して、公演当日にはお客の誘導係まで買って出たほどである。

そういう白井に伸夫が傾倒したとしても当然のことだ。仕事の上ばかりでなく、人間的にも学ぶべき点が多い——と、伸夫はしばしば感に堪えぬような口ぶりで春恵に話した。春恵も何度か白井に会って、一緒に食事をしたりもして、それほど歳の差のない白井に、圧倒されるようなものを感じている。

しかし、妙なもので、伸夫が白井に傾倒すればするほど、ある段階からそれに反発したくなる気持ちが春恵の胸に芽生えた。「いつまでも白井さんじゃないでしょう」という思いだ。それを生のままで伸夫にぶつけたことがある。

大きなイベントが成功したとき、スタッフの打上げ会の席で、伸夫が何もかも白井のお陰だ——と手放しで感謝したのが気に入らなかった。家に帰ってから、春恵は「何が白井さんよ」と毒づいた。

「私たちの死ぬ思いの苦労があったからじゃないの。あなたは白井さんにくっついて歩いてばかりいたから知らないけど、白井さんなんて、ただ仕事の紹介をしてくれたっていうだけじゃない。なんでもかんでも白井さんをありがたがるのは、いいかげんにしてよ」

そこまで言うことはなかった——と、言った直後から春恵は後悔している。ああまで強い拒否反応を抱いたのは、白井を神様のように信奉している夫に嫉妬《しっと》に近いものを感じたせいかもしれないのだ。

伸夫はただ黙って、エクソシストのような目で春恵を見つめていた。

そのときから、伸夫は白井について話すことをしなくなった。仕事上、必要に迫られた場合以外は白井の「し」の字も口にしない。それまでは自宅の食事に招待したり、カニを食べに行ったりしていた付き合いもやめた。伸夫自身は相変わらず飲み屋に誘ったりしているらしいが、帰ってからも報告程度のことしか話さない。

マッケンドールの公演を受けたころから、伸夫は東京へ行く仕事が増えた。もちろん、仕事のほとんどが大同プロモーションの白井の持ち込みだから、東京へ行けば白井と密着して行動しているにちがいない。それはいいとしても、東京へ出張した伸夫が電話で、白井の家に泊まると言ってきたときは、いやな気分だった。春恵は「そんな迷惑かけちゃ悪いわよ」と言ったのだが、あのとき、もっと強く「絶対にやめて」と主張すべきだった。それ以後、伸夫はちょくちょく白井の家に厄介になる習慣が生まれた。白井は大きな一戸建ての家に一人で住んでいるのだそうだ。「部屋はいくつもあるから、気にしなくていいんですよ」と白井は言っていたが、春恵にしてみればそういう問題ではないのだ。その大きな家の中で、白井と伸夫が二人きりの時間を過ごしている情景を想像しただけで、なんだか気持ちが悪い。

それまでは白井のことを感覚のうえで認識していて、どういう人物なのかまで深く掘り下げてみる気は起きなかったのだが、春恵ははじめて、白井の素性に疑問を抱いた。住所は東京の杉並区浜田山《はまだやま》というところだとは知っているが、親兄弟のこともよく分からない。ご結婚はなさらないんですか？——と尋ねると、曖昧《あいまい》に笑って話したがらなかったが、あれもいま考えるとおかしい。

まさかとは思うが、ホモっ気のある男なのじゃないかしら——と、伸夫への度外れた好意と思い併せて、そんなことまで不安になった。

この夏に、春恵は東京へ行く機会があったので、そのついでに昔の会社にいた戸田《とだ》亘《わたる》という男と会った。その当時、戸田はまだ高校を出たばかりの坊やで、機材の調達係の下っぱだった。仮払い伝票の精算でいつもへまばかりしていて、そのつど春恵に泣きついてきた。それをなんとかカバーしてやったのを感謝してくれて、会社が倒産したお別れパーティの席で、オイオイと泣いて、春恵を困らせたものである。それからずっと、時候の挨拶は欠かしたことはないし、東京で何かお役に立てることがあったら命じてくれと言ってきている。

その戸田も三十を超えて、一人前に男っぽくなっていた。いまはイベントやテレビ関係の照明屋に、半分所属しているような、半分フリーのような立場で仕事をしているそうだ。だから生活も収入も不安定で、結婚はまだだという。

「越川さんみたいないい女が現われたら結婚します」

いっぱしのことを言うのが、春恵にはくすぐったかった。

「お願いしたいことがあるんだけど」

春恵は言った。「大同プロモーションの白井さんていう人のこと、ちょっと調べていただきたいの」

「いいですよ」

戸田はあっさり引き受けた。あまり簡単に引き受けたので、少し心配になった。

「僕、そういうの好きなんです」

春恵の危惧《きぐ》を察知して、戸田は笑いながら言った。

「ミステリーが好きで、もっか、推理作家を目指して応募作品を書いてましてね。いちど、私立探偵みたいなこと、実地にやってみたいと思ってたんですよ。で、その人、何をやったんですか？」

「そんな犯罪みたいな話じゃないのよ。そうじゃなくて、ただ、どういう人なのか、たとえば家族はどうなのかとか、それから、女性関係はどうなっているのかとか……ちょっと難しいかもしれないけど」

「なんだ、そんなことですか。僕はまたヤバい話かと思ったんですけどね。だったら簡単じゃないですか」

「ほんと？　じゃあ、お願いするわ。べつに急ぐ必要はないから、あなたのひまなときでいいのよ。これは少ないけれど、交通費ぐらいにはなると思う」

春恵は封筒に入れた十万円を差し出した。戸田は「いいですよ、そんなの」と言ったが、結局、受け取ると、中身も見ないでありがたそうに押し頂いた。

「じゃあ、これ、札幌へ報告に行くときの旅費に使わせていただきます」

「あはは、それっぽっち、一週間でなくなっちゃうわよ」

笑って別れたが、それから半月後に最初の報告の電話があった。白井信吾はやはり独り住まいで、近所で聞いたところ、以前はときたま奥さんらしい女性を見かけたけれど、十五年ほど前から姿を見ないということだ。

「一説によると逃げられたと言うし、ほかの人は追い出したと言うし、はっきりしたことは分かりません。近所付き合いは、家の近くで会ったら会釈する程度で、何をしている人なのかさっぱり分からないそうです。そもそも、留守のことが多いみたいですよ。ただ、ときどき男の人と一緒に帰ってきたりするのを見かけるそうですけど」

「男の人……誰かしら？」

春恵は伸夫のことを想像した。

「調べてみましょうか」

「調べるって、でも、どうやって？」

「そうですね……盗聴器でも仕掛けます」

「そんな、危ないことしないで」

「大丈夫ですよ。見つからないし、バレてもたいした罪にはならないんです。警察だって盗聴をやったのが、不起訴だったくらいですからね。といっても、ずっと張り付いているわけにいかないから、カセットテープで録音するっきゃないですけど。僕の家からそんなに遠くないし、何回かやっているうちには、うまくすると録《と》れるかもしれない」

戸田がどういう方法を考えているのか、春恵には理解できそうになかったので、とにかく危険なことだけはしないように念を押しておいた。

戸田から「録れましたよ」とはしゃいだ声で電話があったのは、八月の二十九日だった。

「今日の昼、どこかと電話している声が録音できました。それがですね、けっこうヤバそうな話なんですよ。何か大きい事件に絡んでいるんじゃないですか」

「大きい事件て？」

「相手の声が聞こえないんで、はっきりした内容は分かりませんけど、麻薬とか……そうだ、白井っていう人は外タレ関係の仕事を担当しているでしょう。ひょっとするとヤクがらみじゃないですかね」

「麻薬？……やだ、怖いわねえ」

「とにかく、このテープ、もうちょっと詳しく調べてみます。それに話の中で札幌へ行くみたいなことを言ってますから、もしかしたら僕も明日、札幌へ行くかもしれません。そしたらカニをご馳走《ちそう》してください、といっても、いまはシーズンじゃないのかな？」

「それは大丈夫、カニならいつでも食べられるから。でも、なんだか心配ねえ。無茶しないでちょうだい」

「ははは、大丈夫ですって。僕はこう見えても臆病《おくびょう》な男なんだから」

陽気に笑って電話を切った。

第二章　サッポロドーム計画

1

浅見《あさみ》光彦《みつひこ》がその事件に関わったのは、記録的な暑さの夏の余韻がまだ冷めやらぬ、九月末のことである。

『旅と歴史』の藤田《ふじた》編集長から「ひまかね」と電話が入った。お世辞にも「忙しいですか?」と言えない性格だ。「いや……」と言いかけるのを無視して、「ひまだったら、札幌へ行ってみない?」と言う。

「札幌……何ですか?」

「もちろん取材さ。『消え行く裏参道』ってやつを取材してきてくれ」

「裏参道? それ、明治《めいじ》神宮《じんぐう》か原宿《はらじゅく》じゃないんですか?」

「ははは、素人はそれしきゃ知らないから困る。東京・原宿に表参道《おもてさんどう》があるごとくに、札幌にも裏参道なるものがあるのだよ。東京の向こうを張って、北の原宿と呼んでいる。一風変わった店が並んでいて、原宿の竹下《たけした》通りと似た趣《おもむ》きがあるということだね。

ところが、その裏参道が衰退の一途を辿《たど》っているということだ」

「はあ、そうですか」

「なんだ、気のない言い方だねえ」

「だって、裏参道か何か知らないけど、それが衰退したからって、東京からわざわざ取材に行くほどのテーマじゃないでしょう。地元新聞か何かの記事を転用すれば、それで間に合うんじゃありませんか」

「そのとおり。さすが浅見ちゃんは鋭い。じつはこれには裏があってね」

「裏参道の裏じゃ、表参道ですか」

「うまい……などと感心している場合ではないのだ。裏参道の取材とは世をしのぶ仮の姿なんだよ」

「どうせそんなところだと思いましたよ。で、本命は何ですか？　また妙齢の美女からの依頼で……なんていう、悪い癖が出たのじゃないでしょうね」

「悪い癖はないだろう。しかしまあ、妙齢か美女かはともかく、ある女性から相談を受けたことは事実だ」

「やっぱりね。だめです。さようなら」

「ちょっと待ってよ。人ひとりのいのちに関わっていることなんだよ。そう邪険に断わってもいいのかなあ」

「そういう、僕の弱いところを衝《つ》いてくるのが、編集長の常套《じょうとう》手段ですからね。しかし、彼が北海道の山の中でクマに食われたとしても、僕にはどうすることもできないじゃありませんか」

「いや、クマに食われるとか、そういうたぐいのことじゃ……ん？　彼って、どうして男だと分かるのさ？」

「そのくらい分かりますよ。行方不明になっているのは、僕と似たり寄ったりの、三十歳ぐらいの独身男性でしょう」

「行方不明って……驚いたなあ、どうして知っているのさ？　まだテレビや新聞に出たわけでもないのに」

「だって、僕に北海道まで行かせることといえば、人のいのちに関わることとくれば、行方不明者の絡んだ話だと思うしかありません。かといって、警察に捜索願を出せない理由があるとすれば、家族や身内ではない、何かワケありの人物。ただし不倫とかそういう関係ではなく……」

「ちょっと待ってよ。どうして不倫でないと言えちゃうの？」

「えっ？　それじゃ、不倫なんですか？　まさか、藤田さんに不倫の相談を持ち掛ける物好きがいるとは思えませんけどねえ。第一、そんなことをしたら、マスコミ関係者にネタを提供するような結果になりかねないじゃありませんか」

「ああ、それはまあ、そのとおりだけど……しかし、三十歳ぐらいだなんて、どうして分かったのさ？」

「藤田さんのところに相談に来たのは四十歳以上の女性でしょう。女性に甘い藤田さんが妙齢でないかもしれない——と感じる年代ですからね。そこから割り出すと三十歳ぐらいということになりませんか。一般的に言って、女性が親身になって心配する——母性本能をくすぐられると言ってもいいですが、それには十歳ぐらいの歳の差があるのがふつうです。それより若くても年配でも、他人であるその女性より先に、彼の家族が心配して、警察に捜索願を出しそうなものです。その点、三十歳ぐらいの独身男なんて、どこで何をやっていようと、野垂れ死にしていようと、それほど関心をもたれないいんじゃないでしょうかねえ」

　言いながら、浅見はなんだかわが身のことを想定して喋《しゃべ》っているような、悲しい気分になった。

「うーん、驚いたねえ……」

　藤田はクマのように唸《うな》った。

「かなり山勘みたいな気がしないでもないけどさ、とにかく当たっているから呆《あき》れるな。浅見ちゃんの頭ってやつは、いったいどういう構造になっているのかな？　まさにいま浅見ちゃんの言ったような人物が行方不明になっているんだ。行く先はどうやら北海道らしい。そこまで分かっているのなら、ぜひ相談に乗ってやってくれよ。彼女は僕の大学の後輩でね、演劇サークルで一緒だった。もっとも、こっちは二浪の二留年だから、歳はぜんぜん離れてるけどさ。それで、いまは札幌でコンサートや芝居のプロモーションみたいなことをやっているそうだ。その前は東京のそういう会社で……」

藤田は一方的に喋りまくり、とどのつまり、浅見を引きずり出すことに成功した。もっとも、話の途中から、浅見自身がその事件に興味を抱いたことも事実である。悪い癖だとは思いながら、しだいに藤田の話す「事件」の世界にのめり込んでしまう。「彼」とその女性との会話のシーンから、北海道へ出かけていくときの気持ちまでもが、一人称レンズの映画を撮っているように見えてくる。

そうしてその日から半月ばかり経って、浅見は直接その女性――越川春恵と対面することになった。そういうお膳立《ぜんだ》てはすべて藤田がやった。そのくせ、藤田本人は「よろしく頼む」という電話の連絡だけで、会合の場所に顔を見せるわけではない。顔を出せば、立場上、会合の費用は自分が出さなければならなくなるのを恐れているにちがいない。

藤田は帝国《ていこく》ホテルのラウンジ辺りがいいだろうと言ったのだが、浅見は銀座の〔明《めい》治屋《じや》〕の二階にあるレストランを落ち合い場所に指定した。ここのカレーライスが好きだし、もし自分が勘定を支払う羽目になったとしても、カレーライスなら高が知れている。だいいち、帝国ホテルといえどもホテルはホテルだ、人妻とホテルで会うなんていうのは、どうも照れくさくていけない。時間も午後一時という真っ昼間にしてもらった。

越川春恵は藤田の、奥歯にものの挟まったような表現どおり、妙齢でもなく、とびきりの美人というわけでもなかった。細長い顔にトンボ眼鏡というのは、どことなくコミックの脇役あたりに描かれていそうなキャラクターである。性格も語り口もきびきびしていて、ちょっとした男勝りのイメージがある。

「浅見さんを信頼して、お話しさせていただいていいのでしょうか？」

のっけから、ずいぶんはっきりした質問をしてきた。

「はあ、たぶん大丈夫です。少なくとも藤田さんよりは信頼できると思います」

「あら、それなら安心ですわ。藤田さんは一見がさつですけど、俠気《おとこぎ》があって、親切で、相手の立場に対しても、けっこうこまやかに気を遣うところがありますものね」

（どこが――）と浅見は驚いた。藤田のどこをどう押せば、そんな評価にふさわしい部分が出てくるのだろう？　こまやかなのは、原稿料の計算だけだ。

戸田亘が「行方不明」になった経緯について話しはじめたものの、越川春恵はなかなか核心に触れるところまで開陳したがらなかった。この夏、戸田に、ある人物についての調査を依頼したのだが、その過程で戸田と連絡が取れなくなってしまった——という点は話したが、その依頼の対象のことも、細かい内容についても、遠回しにぼかして、詳《つまび》らかに説明するのを渋った。

しかし、そこが明らかにならなければ、全体像を把握できない。浅見はべつに催促するわけでもなく、根気よく彼女が自ら話したくなるのを待った。

なんのかのとむやみに饒舌《じょうぜつ》を費やしたが、カレーライスを食べおえるころまでには、春恵は白井信吾という人物の素性や行動を戸田に探らせていたこと、また、その理由についてもすべて話した。所詮《しょせん》は秘密を隠してはいられないのが、女性の性《さが》というものかもしれない。

問題の戸田亘の行方不明については、実際に行方不明なのかどうか確かめたわけではないが、戸田が春恵に「札幌へ行く」と告げてから一ヵ月半も経つというのに、いまだに戸田から連絡がないし、こっちから電話しても、いつも留守なのだそうだ。

「これ、ちょっと、ふつうじゃないと思いません?」

越川春恵は縋《すが》るような目で浅見を見つめて訴え、話を締めくくった。

「そうですね、たしかにおかしいですね。とにかく、明日からでも早速、調べてご報告することにしましょう」

聞くだけのことを聞くと、浅見はすぐに立ち上がった。春恵のほうはまだ少し話し足りない様子だったが、いつまでも彼女の話を聞いていると、情報過多で頭の中の整理がつかなくなりそうだった。

その夜、藤田がご機嫌で電話してきた。

「いやあ、どうもありがとう。彼女も大いに感謝していたよ。頼りにしているのでよろしくお願いしますとさ。そうそう、謝礼と費用を送りたいので、浅見ちゃんの銀行の口座番号を訊《き》いておいてくれと頼まれた」

「謝礼なんか要りませんよ」

「そうはいかない。いずれ北海道まで報告に来てもらうつもりのようだ。その旅費のぶんという意味だろう。もっとも、これで裏参道の取材費が浮いて、当方としては大いに助かったけどね」

他人の不幸で楽をしようという藤田の愛社精神には、つくづく敬服させられる。

2

戸田の住まいは京王《けいおう》線の千歳烏山《ちとせからすやま》駅から近いアパートであった。二階建ての小ぎれいなアパートが二棟並んでいる、その北側の棟の一階の端の部屋である。それぞれの部屋は外から直接入る玄関があるタイプだ。

ドアチャイムを鳴らしても応答はない。郵便受けに、風雨に晒《さら》されたのか、少し色《いろ》褪《あ》せた封書が挟まっていた。印刷してある文字をチラッと見ると「支払い明細書」らしい。差出人は「Kプロダクション」である。

買い物帰りの隣りの奥さんに、「戸田さん、ここしばらく連絡が取れないのですが」と訊いてみた。四十歳ぐらいの、よく肥えた気の好《よ》さそうな女性だ。

「そうですねえ、それほど注意していたわけではないですけれど、そう言われれば、たしかに八月末か九月初めごろから戸田さんの姿を見ていませんわねえ。でも、戸田さんは映画関係の仕事をしていて、ひと月ぐらいお留守のことは何回かあったみたいですよ。そうそう、新聞を取らないのはそのためだとか言ってらしたわ」

知っていることはその程度で、戸田のところに出入りする人物などについては、まったく知らないという。

「戸田さんのお身内はどこにいるのでしょうか?」

「さあどこかしら? 管理人さんか大家さんに訊けば分かると思いますけど」

管理人夫婦は隣りの棟に住んでいる。定年過ぎで転職したような年配の、小柄でおとなしそうな亭主が、太ったカミさんを従えて出てきた。訊くと、戸田の姿が見えないことには気づいていたが、隣りの奥さんと同じように、たいして疑問にも思わなかったらしい。

「家賃は三ヵ月分前払いになっているし、銀行から自動引き落としにしてもらってますからね。家主さんのほうから何も言ってきていない以上は、べつに問題ないんじゃないですかなあ」

家賃さえ払って、実害さえなければ、どういう住み方をしていてもかまわないということのようだ。

戸田は埼玉県の秩父《ちちぶ》のほうに実家があるそうだ。すでに両親は物故して、兄の一家がいるということぐらいしか、管理人は知らなかった。

「あまり仲がよくないのか、行き来はしていないみたいですね」

そう言って、声をひそめ、「戸田さん、何か悪いことでもしたんですか?」と不安そうに訊いた。

「いいえ、べつにそういうわけではありませんが、彼に、ある作家の講演会を録音したテープを貸してましてね、九月中に返してくれることになっていたのに、ぜんぜん連絡がないので、ちょっと困っているのです」

「そうですか。それはお困りでしょうな。まあしかし、そういうことなら安心しました。あの人はサラ金とか、そういう話もないし、真面目でおとなしい人ですからねえ」

浅見が冗談半分に藤田に言ったように、市井の片隅で、真面目におとなしく生きている三十過ぎの独身男は、ひと月半ぐらい行方が知れなくても、世の中からあまり関心を抱かれないもののようである。

浅見はその足で世田谷《せたがや》区砧《きぬた》にある「Kプロダクション」を訪ねた。Kプロはテレビドラマの制作を主とする映画・ビデオのプロダクションで、浅見もテレビの字幕で名前だけは知っている。応対したのはアシスタントプロデューサーの藤木《ふじき》という男だ。ドラマの制作に入る際に、スタッフを集める役割を担っているということであった。

「戸田君ねえ。そうなんですよ、うちでも仕事、頼みたくて、何回も連絡したんだけど、ずっと留守みたいなんですよ。日東《にっとう》映画かどこかの長尺の劇場映画の仕事に入っているんじゃないんですかねえ。海外とか、長いロケかもしれませんよ」

藤木に、戸田が付き合っていると思われるテレビ・映画会社とプロダクションの心当たりをいくつか教えてもらって、電話で問い合わせてみたが、どこも藤木と同様の答えだった。それぞれが別の社の仕事に入っているものと思い込んでいる。これでは、ひと月半どころか、あと何カ月も現われなくても、あまり怪しまれないまま過ぎてしまいそうだ。一人の人間がこの世から消滅したことに対する、この無関心さには驚かされる。

行く先々でそれとなく訊いてみたところによると、戸田には付き合っている特定の女性はいないらしい。そのことも、戸田の「行方不明」が表面化するのを遅らせた原因といえるのだろう。

浅見はふたたび戸田のアパートを訪ね、管理人にある程度の状況を説明した。もちろん、戸田が何の目的でどこへ——といったことは抜きにしておいた。要するに、どこに訊いても、誰も行方を知らないという事実だけを話した。

「ひょっとすると、戸田さんは行方不明になっているのかもしれません」

「えーっ、ほんとですか？」

管理人は眉間《みけん》に皺《しわ》を寄せて、血の気を失った。よほど小心な男らしい。むしろ奥さんのほうがしっかりしていて、「そんなこと、あまり言いふらさないでくださいよ」と、亭主を押し退《の》けるようにして、面倒な客の前に出てきた。

「アパートはそういう事故みたいな不吉なことがあると、困っちゃうのよ。噂になっただけでも、入居者がいなくなっちゃうし」

「分かりますよ」

浅見は同情を面に表わして言った。

「しかし、このまま放置しておくと、いずれどこかから捜索願が出されて、警察が調べに来ることになりますよ」

「警察?……いやだわねえ。あんた、なんとかしなさいよ」

「なんとかしろったって、どうすりゃいいのさ。ねえ、どうしたもんですかね?」

浅見に訊いた。

「さあ……そう言われても、僕はただの知り合いですから、あまり関わり合いにはなりたくありませんねえ」

浅見はわざと逃げ腰を見せた。

「そう言わないで、何かいい知恵を考えてくださいよ。こういうの、初めてなんだから、ほんとに困っちゃうなあ」

「まあ、一応、部屋の中を見てみたらいかがですか? 行く先が分かるようなものがあるかもしれませんからね」

「そうですなあ、部屋の中を見たほうがいいですかなあ」

「ええ、そうするしかないでしょう。まさか中で亡くなっているなんてこともないと思いますが」

「えーっ、驚かさないでくださいよ。いやなこと聞いちゃったな、どうも……」

管理人は奥さんと顔を見合わせた。奥さんもさすがに顔色が白っぽくなった。

「それじゃ、僕はこれで」

「あ、あんた、そんな逃げないで、一緒に部屋を見てくれませんかねえ。頼みますよ」

腕を摑《つか》まんばかりに言った。

浅見は不承不承を装って、管理人夫婦と一緒に戸田の部屋を見に行った。ドアに鍵《かぎ》を突っ込みながら、管理人はふと思いついたように「念のため、あんたのお名前と住所だけでも聞いておきましょうか。できたら名刺でもいただけるといいのですが」と言った。さすがに商売柄、肝心なところだけは抜け目なく押えている。浅見は名刺を渡した。肩書のない名刺だ。

「戸田さんと同じように、フリーで何でもやるアルバイターです」

「なるほどねえ、そういう職業があるんですかねえ。私らのころはニコヨンて言っていたけど、それみたいなもんですかなあ」

「ニコヨン」というのは、かつての日雇い労働者のことで、日当が二百四十円だったところから、そう呼ばれたと聞いた記憶が浅見にはある。もちろん浅見が生まれる以前のことだろうけれど、現在のフリーターの時給が、七百円から千円程度——というのと較べると、およそ三十分の一。ずいぶん安い賃金の時代があったものである。

管理人は鍵を使ってドアを開けると、「あんたからどうぞ」と浅見を先に上がらせて、おそるおそるついてきた。

しかし死体はなかった。

戸田はテレビ・映画関係の仕事に従事していたそうだが、暮らし向きはそれほど楽なものではなかったようだ。部屋の中は電話とテレビと冷蔵庫とエアコンを除くと、めぼしい物はほとんどない。独身男にしては几帳面《きちようめん》な性格なのか、室内はきちんと片づいている。本棚には映画・演劇関係の本とミステリーの本が目立つ。綾辻行人《あやつじゆきと》や法月綸太郎《のりづきりんたろう》のような「新本格派」といわれる若手作家の物が好きらしい。浅見の付き合っている軽井沢《かるいざわ》の作家の物は見当たらなかった。

粗末なデスクにはワープロが載っていた。引出しを開けると、創作中の小説と思われるプリントが幾組か、クリップで留められてあった。パラパラとめくってみたが、どれも二、三十枚程度で、未完成だ。越川春恵が言っていた「ミステリー作家志望」というのは事実らしい。

二つある引出しの片方に、留守録電話に使うようなミニカセットテープが五本入っていた。浅見は「あっ、あったあった、これですよ、僕のテープは」と言って、ブルゾンのポケットに押し込んだ。

「戸田さんは死んだわけじゃなかったみたいだし、僕はこれさえ返してもらえば用はないのですが」

「まあそう言わないで、もう少し何かないか探してみてくれませんか」

管理人は、そんなに簡単に逃がしてなるものか——という顔である。浅見も良心的なところを見せて、しばらくのあいだ熱心に室内を物色するふりを装ったが、しかし、テープ以外に何かが発見できるあてなど、あるはずもない。

「これ以上はむだですねえ。あとは警察に届けるか、それとも、もうしばらく様子をみるかです」

「警察はだめ、だめですよ。様子をみるほうでいきましょう」

管理人は慌てて言った。事なかれ主義の権化のような人物だ。

「そうですね、ひょっこり帰ってくるかもしれませんしね。僕も警察には黙っていることにしますよ」

浅見は恩着せがましい口調で言った。

戸田の部屋から失敬してきた五本のテープのうち四本までが、無意味な雑音以外には、何も録音されていないものであった。

カセットテープの大きさは、浅見がいつも取材に持ち歩く小型テープレコーダーに使えるやつだ。一本のテープの収録時間は片道三十分あまり。往復なら六十分である。しかし、どういう状況下で操作したものかは不明だが、戸田がタイミングを見計らってスイッチを入れたとしても、うまい具合に白井やほかの人間の話し声が録音されるチャンスは、極端に少なかったにちがいない。早送りして音声の入っている部分をチェックしてみると、車のクラクションやイヌの遠吠《とおぼ》えなどだったりする。

盗聴の方式は電話回線などに割り込むような技術的に面倒なものではなく、単純に盗聴用の高感度マイクをセットし、それを小型カセットテープレコーダーで収録したと思われる。おそらく、白井家の庭に侵入して、壁か床下にでも仕掛けたものなのだろう。白井家のどこかには、いまもマイクか、ことによるとテープレコーダーも残されたままなのかもしれない。

五本のうちの四本は、テープは回したものの、タイミングが悪かったのか、それとも白井が留守だったものと思われる。唯一、音声が録音されているテープは白井が帰宅するところを尾行して、テープレコーダーのスイッチを入れたと考えられるものだ。それでも、どうにかこうにか、ほんの断片的な会話を捉《とら》えているにすぎない。

テープの頭からドアの開閉音や室内を歩いているような音がする。何かをバタンバタンと片づけてでもいるような音があって、しばらく静かになったと思ったら、遠くでトイレの水を流す音が聞こえた。

テレビをつけたらしい。いくつかのチャンネルを動かし、最後に映画かドラマ番組に落ち着いた。

そして、電話のベルがけたたましい音を立てた。

「はい」と男の声がした。これが白井の声なのだろうけれど、録音状態がきわめて悪いのか、地獄の底で亡者が愚痴を言っているような声にしか聞こえない。それでも、ときおり「えっ？」とか「いや、それは……」といった、声を張り上げたところだけは、明瞭《めいりよう》に聞こえる。相手の名前を言った様子のないところをみると、名前を省略して話してもいい程度に、親しい間柄なのだろうか。

用件が終わりに近づいてきたせいなのか、それとも体の向きを変えたのか、少し声が大きくなった。

「……えっ、やくもですか……だいじょうぶかな……いや、それはわかってますよ……はい……はい……わかりました、それじゃ、あしたのはちじすぎのびんにのります……はい、ではちとせで」

電話を切ってまもなく、テープも終わった。浅見は何度も繰り返しテープを回して、右のような文章に表記した。

この中でとくに意味を持つものは「やくもですか」と「あしたのはちじすぎのびん」「ちとせで」の三カ所だ。

後のほうの二つはそれぞれ「明日の八時過ぎの便に乗る」と「千歳で」というのだから、言葉どおりに八時過ぎの飛行機で羽田《はねだ》を発《た》って、千歳空港で落ち合う相談だと考えていいだろう。

問題は「やくもですか」である。すぐそのあとで、「大丈夫かな」と受けている。戸田が越川春恵に「麻薬絡み……」というようなことを言っていた理由はこの部分にあるにちがいない。「ヤクも、ですか」とすれば、その意味がはっきりしてくる。白井という男は麻薬密売組織のメンバーなのだろうか――。

いずれにしても、白井が発ったのと同じ日の、たぶん同じ便で、戸田も札幌へ向かったことは、ほぼ間違いなさそうだ。八月二十九日の春恵にかけた最後の電話で、戸田は「明日、札幌へ行くかもしれません。そしたらカニをご馳走《ちそう》して……」というようなことを言っていたそうだ。だが、それっきりになった。白井を追って札幌に着いてから、戸田の身に何かが起こったということか。

思いきって、白井の勤務先である大同プロモーションに電話してみた。とにかく白井なる人物に会わないことには話にならない。

白井はただいま札幌に出張中です――という答えが返ってきた。

「札幌か……」

浅見は部屋に戻ると、机の上のテープを片づけて、ぼんやりと窓の向こうを眺めた。

このところの東京の空は秋の長雨のシーズンなのか、カラッと晴れることがほとんどない。北海道はそろそろ雪の舞う季節なのかな――と思う。札幌には二度行ったが、二度とも慌ただしく車で走るばかりで、落ち着いて散策する時間のない取材旅行だった。藤田に「裏参道」などと言われても、まるっきり知らなかったのも当然である。

「行くか……」と自分を励ますように言って腰を上げた。春恵から謝礼と費用をもらったからには、飛行機が嫌いなどと言ってはいられない。それに、白井がいま札幌にいるということも、何か運命的なものを感じさせる。

夕餉《ゆうげ》のときに浅見が札幌行きの話をすると、母親の雪江《ゆきえ》が「いまごろの北海道はいいでしょうね」と羨《うらや》ましがった。

「紅葉が真っ盛りだわよ、きっと」

「はあ、しかし僕が行くのは札幌ですから、たぶん紅葉は関係ないと思います」

「そんなことはありませんよ。札幌には大きな木がいっぱいありますからね。ナナカマドだって見頃でしょうし……懐かしいわねえ。お父様と行ったのは、終戦後間もない昔のことだけど」

「やっぱり飛行機でしたの？」

兄嫁の和子《かずこ》が訊《き》いた。

「とんでもありませんよ。飛行機なんて、そのころの日本は進駐軍の飛行機だけ。夜行の汽車で行って、青函《せいかん》連絡船に乗って……ずいぶん遠かったけれど、でも楽しかったわねえ……」

雪江は珍しく懐旧の想いに浸っている。もしかすると新婚旅行の記憶なのかもしれない。浅見は面映《おもは》ゆくて、いつまでも聞いていられなかった。

「そのころの北海道はどんなでした？」

「そうねえ、港も街も暗くて汚れた感じだったことしか憶《おぼ》えてないけれど、あのころは日本じゅうがそうでしたからね。ただ、どこへ行っても広々として、森や牧場がきれいで、国破れて山河ありって、こういうことなのねって思いましたよ。お父さまも、これからの日本発展の帰趨《きすう》は北海道にかかっているって、おっしゃってらしたわ」

「そうですね、満州も朝鮮も台湾も樺太《からふと》も、みんな無くなって、残るは北海道だけっていうわけですからね」

「ほんとにばかな戦争をしたものですよ。でも、樺太や千島《ちしま》列島まで取り上げることはないじゃありませんか。いまだに北方四島を返還しないなんて、ロシアはひどい国だわ。戦争に負けたときは、北海道も占領するつもりだったらしいし」

「ほんとですか？」

「そういう噂でしたよ。もしほんとうなら大変だったでしょうね。でも取られなくてよかったわ。それもこれも、お父様たちお役所の方々の血の滲《にじ》むようなご努力があったればこそ。こうして光彦が気軽に飛行機で行けるなんて、幸せなことですよ」

感慨無量に言われると、なんだか怪しげな失踪《しっそう》事件を調べに行くことが、先人に対して申し訳ないような気分であった。

3

翌日、浅見は札幌へ飛んだ。白井と会えるかどうかはともかく、このさい、越川春恵と会って義務だけは果たしておこうと思った。家を出るときは雨が降っていた。それもかなり強い降りである。傘を持って歩くのが嫌いな浅見は、最寄りの上中里《かみなかざと》駅まで須美子《すみこ》にソアラで送ってもらった。羽田までと言ったら「いやですよ」と、あっさり断わられた。

「坊っちゃまの愛車で事故でも起こしたら大変です」

「かまわないさ、また買えばいい」

簡単に買えもしないのに、心にもないことを言って、須美子の冷笑を買った。

車を降りるとき、須美子は「お気をつけて、落ちないようにしてください」と、気になることを言った。

北海道も雨で、新千歳空港ではかなり強く降っていた。リムジンバスで札幌まで行き、春恵に指示された〔ターフェル〕という洒落《しゃれ》た喫茶店で待ち合わせた。都心部から少し外れた場所だが、静かないい店だ。〔ターフェル〕というのは、ドイツ語かオランダ語でテーブルの意味のはずだが、どちらかというと『ターヘル・アナトミア』

『解体新書』を連想させるのではないだろうか。春恵を待つ間、ウェートレスにそのことを訊いて顰蹙《ひんしゅく》をかった。

越川春恵は時間より少し遅れて来た。根っから明るい性格にちがいない。憂鬱《ゆううつ》な用件だというのに、トンボ眼鏡の顔には、むしろデートを楽しむような陽気さが見えた。

浅見はそれまでの調査結果を報告し、戸田がきわめて憂慮すべき状況にあることを、ありのまま伝えた。もちろん、死亡している可能性の高いことも言った。

「やはり警察に届けたほうがいいのではないでしょうか」

春恵は、そういう浅見の刺激的な言葉を聞くたびに、飛び上がるほどの反応を示して、声が上擦った。すぐ近くにいる女性がびっくりしてこっちを見るのが気になった。

「そんなばかな……警察は困ります」と、春恵は戸田のアパートの管理人と同じことを言った。

「白井さんはうちの会社の、いわば恩人みたいな人ですからね。私が戸田さんを使って、そんな調査をしてたって分かっただけで、仕事に差し障りが生じます。だいいち、主人だって怒りますよ。それに、もし戸田さんがどうにかなっていたとしたら……そんなこと考えたくありませんけど、もうめちゃめちゃになりますよ」

何がどうめちゃめちゃになるのかは知らないが、春恵の危惧《きぐ》するとおりなのだろう。ましてや麻薬絡みの事件だなんてことにでもなれば、それでなくても外国人タレントなどとの交際で、警察に睨《にら》まれる可能性の高いプロモート会社としては、致命傷になりかねない一大スキャンダルだ。

戸田のテープの中に「ヤク」という言葉が出てきたことを言うと、春恵は「やっぱり……」と肩をすくめた。

「いずれにしても、とにかく戸田さんの消息がはっきりするまでは、何もしないほうがいいわね。浅見さんもこのまましばらく、警察には内緒にしておいてください」

「それはかまいませんが、しかし、戸田さんの身の安全を思うと、放っておくわけにはいかないのではありませんか」

「それはそうですけど、でも、もし警察に捜索願を出すとしたら、それはお身内の方がするべきでしょう。そう、そうですよ。戸田さんにはたしか、お兄さんがいるのじゃなかったかしら。お兄さんにそれとなく、行方不明らしいって知らせて、あちらから警察に届けさせるようにできませんか？」

「そうですね、考えてみましょう」

「それより、戸田さんが白井さんを追いかけて札幌に来たのだとしたら、やっぱりあの人が真相を知っているのじゃないかしら」

「そうかもしれません。僕はまだ、白井さんという人を直接知らないのですが、そういう感じの人なのですか？　つまり、殺人もやりかねないような」

「まさか……そんな感じはしませんけど、でも、麻薬が絡んでいるとすると、ヤクザとの関係があるわけでしょう。そしたら、白井さんを尾行しているところを見つかって、ヤクザに殺されるってことはありうるのじゃありません？」

「なるほど……ところで、白井氏はいま札幌に来ているらしいですよ」

「えっ？　あら、たしか昨日帰られたのじゃなかったかしら。主人がそんなようなこと、言ってました」

「あ、そうですか、僕が電話したのは昨日ですから、じゃあ入れ違いだったのですね。うまくすれば会えるかと思ったのですが」

「白井さんと会うつもりですか？　それ、ちょっとまずくありません？」

「いや、会うといっても、戸田さんやあなたの名前を出すようなことはしません。ただ、白井氏の人柄を知るには、いちど会ってみないことには」

「そうねえ、そうですよねえ……でも、どうかなあ、会っただけでは人柄までは分からないかもしれませんよ。一見した感じは、紳士的で頼りがいのあるイメージですもの。私だって、何もなければいまでもそう思っていますよ、きっと」

越川春恵は白井の風貌《ふうぼう》を思い浮かべるのか、まるで夢見るような目になった。浅見はますます白井という人物に興味を惹《ひ》かれた。

浅見は〔ターフェル〕で春恵と別れ、白井が定宿にしているというパークサイドホテルへ向かった。今夜はそこに泊まるつもりだ。白井を尾行してきたのだとすると、おそらく戸田も同じホテルに宿を取ったにちがいない。

札幌パークサイドホテルはその名の由来である中島公園に隣接している。さすがに東京の大ホテルなどとは較べようがないが、それでもかなりの規模のホテルで、とくにコンコースはゆったりとして、落ち着いた雰囲気だ。ルームチャージもさほどの料金ではない。

フロントでチェックインのついでに、戸田の消息を訊《き》いてみた。八月三十日にこちらに泊まった客に、東京から来た戸田亘という人がいたはずだが――と言うと、フロント係に反応があった。最初の係が引っ込んで、チーフらしい年配の男が現われた。胸の名札にローマ字で「NODA」とある。

「お客様は戸田様とはどういう?……」

野田《のだ》フロントマンは訊いた。

「知り合いです。以前、彼がここに泊まったことがあると聞いたものですから」

「さようで……じつは、戸田様にはチェックインのさい、前もって料金を過分にお預かりしておりまして、チェックアウトで精算してお返ししなければならなかったのですが、何かお急ぎの事情がおありだったのか、慌ててお発《た》ちになりそのままになっております。それと当日、お部屋にお忘れ物がございまして、それもお返ししなければならないのですが、その後、ご連絡を差し上げてもお返事がございませんので、困惑しておりました。もしお差し支えなければ、ご連絡のほうをお願いいたしたいのですが」

「ほうっ……」

どうやら、不吉な予感が的中しつつあるらしい——と、浅見は緊張した。

「そうすると、戸田さんは前の日にチェックインしたっきり、姿を見せていないということなのですか？」

「いえ、翌朝、一応、チェックアウトもされておられます」

（なんだ——）と、浅見は気が抜けた。

「ただ、チェックアウトのさい、お部屋のキーはお戻しいただいたのですが、なにぶんフロントが立て込んでおりまして、料金の精算など、お待たせしているうちに、いつの間にかお帰りになってしまったご様子で……」

「精算があるのをうっかりしていたんですかね」

「いえ、そうではなく、たぶんお急ぎだったのではないかと思います。しきりに列車の時刻を気にされて、札幌駅まで何分かかるかとおっしゃっていたそうですので」

「列車……」

浅見の脳裡《のうり》をＪＲの特急「トワイライトエクスプレス」がかすめ走った。青函《せいかん》トンネルを潜って大阪まで行く長距離夜行列車だ。浅見もぜひいちど乗ってみたいと思いながら、なかなか実現できずにいる。戸田は帰路その列車を利用したのだろうか。もっとも、真っ直ぐ東京へ帰るつもりなら、札幌始発、上野《うえの》行きの特急「北斗星《ほくとせい》」がある。

「そうだ、戸田さんは忘れ物をしたそうですが、何を忘れたのですか？」

「それが、じつは妙な物でして……」

野田はいわく言いがたいというような、複雑な表情になった。「妙な物」と聞いた瞬間に、浅見にはピンとくるものがあった。

「それは、もしかすると、盗聴マイクか何かじゃありませんか？」

「えっ……」と、野田は驚いた。

「ご存じでしたか」

まるで、浅見までもが盗聴マニアの仲間であるかのように、斜《はす》に見つめた。

「いや、僕は知りませんよ」

浅見は慌てて手を横に振った。

「ただ、以前、戸田さんがそういう機械の趣味があるという話を聞いたことがあるものですから、あなたが妙な忘れ物と言われたときに、ふと思い出したのです。それ、もしよければ見せてくれませんか。場合によったら届けてあげますよ」

「さようですか……では、後ほど、お部屋のほうにお持ちいたします」

野田は言って、部下に、とりあえずお部屋にご案内するように——と指示した。たまたま空いていたのか、それとも、面倒なことをおしつける代わりのサービスなのか、六階の公園側の部屋に案内してくれた。部屋の窓からは中島公園を俯瞰《ふかん》し、豊平川や月寒の平野を見はるかし、山並みが一望できて、ちょっとトクをした感じだ。

雨はやんだのだろうか、野末の上空あたりで雲が切れ、カムイコタンの存在を誇示するかのように、光芒《こうぼう》が大地に降り注いでいる。北海道に来たなあ——という感慨が胸に湧く風景であった。

チャイムが鳴って、野田フロントマンがやってきた。手にホテルのネームが入った紙袋を捧《ささ》げ持っている。

「これなんですが」

テーブルの上に袋の中身を取り出した。案の定、明らかに盗聴用と分かるマイクロフォンであった。

「これが壁に貼りつけてありまして、たぶん本体の機械もあったのだと思いますが、そっちのほうはお持ちになったようです」

「なるほど……しかし、こんな大事な物を忘れたり、預け金の精算も忘れたり、戸田さんはなんでそんなに急いだのかなあ？……」

浅見はそのほうに関心があるのだが、野田が言いたいのは、あくまでもこの厄介な忘れ物のことだけらしい。

「どちらのホテルでも、こういうことをなさるお客様が、ときたまおいでのようですが、当ホテルの各部屋は壁が分厚く、防音設備も完備しております。それに、当日はお隣りのお客様も男の方がご一名でお泊まりで、おそらくむだなご努力ではなかったかと推察いたしております」

客商売とはいえ、なんだか戸田の「努力」が徒労に終わったことに同情しているような口ぶりだ。

浅見は小さく「あっ」と叫んだ。

「その隣りのお客さんですが、ひょっとすると大同プロモーションの白井さんじゃありませんでしたか？」

「は？　白井様をご存じで？……」

「ええ、知ってますよ。あまり親しくしていませんが……じゃあ、白井さんだったのですね？」

「はあ、まあ……じつはですね、戸田様がチェックインされたとき、白井様のお部屋のお隣りにしてほしいとおっしゃって、そのようにお取り計らいいたしましたのです。そんなこともございまして、その後、白井様がお見えになったさい、それとなく、戸田様とおっしゃる方をご存じかどうか伺ったのですが、ご存じないということでしたので……そういたしますと、ほんとうは白井様も戸田様のことをご存じなのでしょうか？」

「いや、それは白井さんの言うとおり、知らないと思いますよ。それじゃ、白井さんは戸田さんが盗聴していたことを知っているのですか？」

「いいえ、とんでもないことでございます。私どもはその件につきましては、白井様には何もお話ししておりませんので。あの、浅見様もどうぞこの件はご内聞にお願いいたします」

野田はホテルの名誉に関わる——と言いたげに、その点は強調して言った。

4

戸田がマイクや料金の精算を忘れるほど急がねばならなかったのはなぜなのだろう——と、浅見は中島公園を見下ろしながら考えに耽《ふけ》った。

フロント係の話によると、戸田がチェックアウトしたのは朝のラッシュ時——午前九時から十時ごろのあいだではなかったかということだ。

浅見が直観的に思った「トワイライトエクスプレス」は、札幌駅の発車時刻が一四時〇九分。これに乗るつもりなら、べつに急いでチェックアウトするほどのことはない。となると、ほかの列車なのか。

（待てよ、それ以外の列車で、東京行きの特急はどうなっているのだろう？——）

浅見はフロントに下りて、時刻表を借りるついでに、野田フロントマンに八月三十一日の戸田と白井のチェックアウトの正確な時刻が分かるかどうか訊《き》いてみた。無理だろうと思ったのだが、驚いたことに、チェックアウト時刻は何年何月何日の何時何分まで、ちゃんと記録されているのだそうだ。

「戸田様は八月三十一日の午前九時十八分にチェックアウトされています。白井様のほうは二泊なさいまして、九月一日の十一時五分のチェックアウトとなっておりますが」

白井が戸田と同じ日にチェックアウトしていないというのは意外だった。もし戸田が、白井を追っていったと仮定すると、白井は単なる外出だったことになる。

しかし、考えてみると、そのほうが辻褄《つじつま》が合うともいえた。白井のほうはキーをフロントに預けるだけで、ほとんど素通り同然に出ていけるのだが、戸田はチェックアウトに手間取る。白井を見失いそうになって、慌てて、文字どおり取るものも取りあえず、ホテルを出ていった——。

いや、そうではなく、戸田は列車の時刻を気にして急いでいたにすぎないのかもしれない——と浅見は考え直した。

部屋に戻って時刻表を開き、戸田が乗ったと思われる列車を探した。「トワイライトエクスプレス」を除外して、特急「北斗星」に的を絞ったのだが、発車時刻のもっとも早い「北斗星2号」でも一七時一三分——「トワイライト」よりさらに遅い発車であることが分かった。

ということは、戸田がチェックアウトを急いだのは列車に乗るためだったとしても、それらの長距離寝台特急ではなかったということなのだろうか。

戸田のチェックアウトは九時十八分だったという。札幌駅までの時間をしきりに気にしていたそうだから、乗り遅れる危険性のある列車と考えていいだろう。

九時四六分発　特急「北斗8号」函館《はこだて》行き
九時五三分発　特急「おおぞら3号」釧路《くしろ》行き

上り列車としてはこの二本が該当しそうだ。これ以外にも、新千歳空港へ行く快速「エアポート」があるけれど、こっちのほうは頻発しているから、とくに急がなければならないほどのことはない。

東京方面へ近づくとすれば、特急「北斗8号」である。苫小牧一〇時三〇分、東室《ひがしむろ》蘭《らん》一一時〇七分、洞爺《とうや》一一時三三分、長万部《おしゃまんべ》一二時〇一分、そして終点の函館に一三時二五分の到着となっている。

（函館へ行ったのかな——）

浅見はあてもなく、ぼんやりと考えた。函館見物を楽しんだのか、そうでなくても、函館から津軽海峡線を乗り継いで盛岡《もりおか》まで行き、そこから東北新幹線という手段もある。

しかし、そのいずれにしても、越川春恵に何の連絡もなしに消えてしまう理由は何も思い当たらない。カニを楽しみにしていた戸田は、春恵に連絡するひまもなく、突然、消息を絶ったのだ。

いったい戸田の身に何が起きたのか。

考えあぐねているうちに秋の短い日は暮れて、それこそトワイライト・タイムの紫色の闇に、街の明かりがまたたきはじめた。

（さて、札幌ラーメンでも食べに出掛けるか——）と思ったところに電話が入った。

受話器を耳に当てて「はい」と言ったとたん、越川春恵の緊張しきったような声が飛び出した。

「浅見さん、大変よ！」

「はあ、どうしました？」

浅見は対照的にのんびり答えた。相手が上擦っているときは、できるだけ落ち着いて対応するのがいい。

「新聞、新聞ですよ。いえ、テレビのほうがいいかもしれない。見て、見てください」

浅見は言われるままにテレビのスイッチを入れ、ドアの下に差し込まれている新聞を取ってきた。春恵に教えられるまま社会面を開き、その場所を見た。「北大植物園で変死」という見出しである。今日の昼前、北海道大学植物園内で、身元不明の男性の変死体が発見され、他殺の疑いがあるとみて、警察が捜査を始めたという内容の記事だ。まだ死体を発見したばかりの時点での取材とみえて、死因など詳しくは書かれていない。

「それ、死んでいたの、戸田さんじゃないかしら?」

春恵は怯《おび》えているのか、それとも興奮しているのか分からない口調だ。

「いや、この記事だと、年齢は四十歳から五十歳——と書いてありますよ。いくらなんでも違うでしょう」

「そうかしら、違うかしら……ならいいんですけど」

ようやくほっとしたように、声のトーンが落ち着いた。そのときになってテレビのニュース番組がちょうどその話題に入った。テレビではははっきり「殺人事件」と断定して放送している。しかし、テレビでも年齢を四、五十歳と言っていて、どうやら戸田亘とは別人であることははっきりした。

「それより越川さん」と、浅見は戸田についてのその後の調査状況を報告した。八月三十一日にパークサイドホテルをチェックアウトしたところまで足取りを摑《つか》んだことと、列車でどこかへ行ったか帰京した可能性が強いことを話した。

「帰京したなんて、そんなのおかしいわ」

春恵は言下に否定した。

「もしそうだとしたら、私にひと言挨拶《あいさつ》していくはずですもの。ご馳走《ちそう》する約束だってあったのだし、変ですよ、それ」

「僕もそう思いました。戸田さんは何か重大な事実を摑んで、越川さんに連絡する余裕もないまま行動したと考えられます。それも、白井さんと何らかの関係がある可能性が強いでしょうね」

「白井さんですか、やっぱり……」

最初から白井が怪しいことを想定していたはずなのに、いざそれが真実味を帯びてくると、春恵は急に尻込《しりご》みを始めた様子だ。もっとも、完全な第三者の野次馬でもないかぎり、そのほうが普通の感覚なのであって、事件が深刻化するにつれ、いっそう興味をそそられる浅見のような人間は、むしろ異常といえる。

「どうしますか、警察に届けますか」

「だめだめ、だめですって……」

春恵はその点だけは譲れないらしい。

「このことは、もともと警察は知らない話なんですから。この前も言ったように、戸田さんのお兄さんでも捜索願を出したのならべつですけど、その場合でも知らん顔して、絶対に関わり合いになるようなことだけはしないでください。でないと、大変なことになるんですから」

ほとんど悲鳴のような言い方だ。たしかに、事件に関わったりすれば、ポロ・エンタープライズの死活問題になる可能性が強いことは事実だ。その危険を冒してまで——とは、浅見にも言えなかった。

「分かりました。それではもう少し、独自に調べを進めてみましょう。とりあえず戸田さんの足取りと、白井さんのことを追ってみます。いちど白井さんと会ってみて、それでもどうにもならなかったら、僕はこの話から手を引きます」

「そう……ですか。でも、そのあと、警察に行ったりしないでくださいね。ほんとにお願いしますよ」

春恵は哀願調になっている。

「大丈夫ですよ、僕も男です。約束は守ります」

浅見が大見得を切ると、春恵は「あら」と不満そうに言った。

「約束は女だって守りますよ」

「ははは、そうですね、失礼しました」

浅見は笑って謝ったが、胸の裡《うち》ではこういうのが札幌の女性の典型なのかもしれない——と思った。

札幌は——というより、北海道は開拓以来、たかだか百年の歴史である。日本古来の慣習や因習にとらわれない、自由な発想が育ったとしても不思議はない。たとえば「家」の観念など、北海道の地ではかなりタガが外れたであろうし、家に縛られていた女性にとっては、まさに開かれた大地だっただろう。開拓の苦難には男女のべつなく立ち向かわなければならなかっただろうし、そのあいだに男女間の差別も、意味を失っていったにちがいない。北海道で離婚率の高いことも、女性の権利意識や自立性の高さを象徴している。

「それはそうと、浅見さん」と、春恵が優しい声になって言った。

「もしよろしかったら、カニをご馳走しますけど」

「あ、それはありがたいですねえ……しかし、なんだか戸田さんを差し置いたようで、申し訳ないかな」

「それは言いっこなしですよ。少しのあいだ忘れましょう。じゃ、明日ご連絡します」

電話を切ってから、浅見はもう一泊、この高級ホテルに泊まることの重大な意味について考え込んだ。当初の予定ではビジネスホテルに移動するつもりだった。「明日ご連絡します」と言われた瞬間、つい見栄を張って、そのことを言いそびれてしまった。しかし、結論は「ま、いいか」になった。カニで一食分浮くことを思えば、ホテル代の差額ぐらいにはなりそうだ。

で、その夜のディナーは予定どおりススキノの札幌ラーメンですませ、翌日は朝から市内の観光と洒落《しゃれ》ることになった。


青空に薄雲が流れるような、まずまずの天気だが、昨日より気温はだいぶ下がった。それでも、街を歩くにはちょうどいい気候である。札幌の街は見どころが都心近くに集中していて、観光には都合がいい。時計台から歩いて行ける距離に旧北海道庁があり、北大植物園がある。むろん、ススキノも大通公園もそぞろ歩きのコースだ。

一時あった、札幌名物の時計台が移転するという話は立ち消えになったらしい。バブル全盛のころは、都心の一等地にこんな非効率的な建造物があるのは罪悪だ――みたいな雰囲気があったのかもしれない。この広大な敷地に新しくビルを建てたほうが、資産の活用という点で、どれほど有効か計り知れないと考えたっておかしくない。経済効率の追求という問題は、ことに北海道のような新天地では、つねに最優先課題であっただろうし、史跡といったって、たった百年の歴史では、国宝だ重文だということにはならない。いつでも切り捨てられる危険に晒《さら》されているともいえる。そういう中で時計台のようなささやかな「史跡」が辛うじて生き残っているのは、やはり貴重なことなのだ——と思う。ビルの谷間で、木立ちに守られるように、ひっそりと佇《たたず》む時計台を眺めて、浅見はしみじみといとおしい想いに駆られた。

問題の北大植物園に入ったが、肝心の事件現場付近には立入り禁止のロープが張られていた。周辺に停まっている警察車両の数から判断すると、かなりの捜査員が園内に入っているとみられる。鬱蒼《うっそう》とした植物園だけに、遺留品の捜索には手間取りそうだ。

浅見はあまり長居せずに植物園を出て、例の『旅と歴史』の藤田にばかにされた「裏参道」へ向かった。

5

裏参道までは植物園から徒歩でおよそ二十分ほどの距離である。藤田が「北の原宿」だの「竹下通り」だのと言うから、ごく細い路地のような道を想像していたのだが、二車線の車道に広い歩道までついた、堂々たる街路であった。

この道を「裏参道」と呼ぶのは、札幌の街を東西に貫く大通の西の突き当たり、円《まる》山《やま》公園にある「北海道神宮」への参道として、この道がつくられたいわれからである。かつては古い商店などが並ぶ静かな通りだったのだが、いまは小さな店と真新しいマンションやビルが混在して、なんだか乱杭歯《らんぐいば》のように凸凹《でこぼこ》で調和のとれていない風景だ。藤田が言っていた「衰退」の原因の一つは、そんなところにもあるのだろうか。

浅見は道路から少し引っ込んで建つ、木造の壁を黄色く塗った、開拓時代のアメリカ西部の建物のような喫茶店に入った。中は薄暗く、外の明るさに慣れた目は、しばらく空いたテーブルを探すのに苦労した。

もっとも、店内はガラガラで、テーブルは八つあるうちの二つだけが塞《ふさ》がっていた。一つは白いテニス帽を被《かぶ》った老人、もう一つはなんのことはない、この店のマスターが坐《すわ》っていて、浅見が腰を落ち着けるのを待って「いらっしゃい」と立ってきた。浅見がコーヒーを注文して、店の中を物珍しそうに見回していると、老人の客が「あんた、東京から来たんかね」と声をかけて寄越した。

「はあ、東京から来ました」

「ふーん、珍しいな」

どういう意味の「珍しい」か、浅見は理解できなかった。この季節、北海道は紅葉がまだきれいだが、定山渓《じょうざんけい》辺りならともかく、札幌の街をうろついているのは珍しいという意味なのだろうか。それとも、いまどき裏参道を訪れる観光客は時代遅れとでも言いたいのだろうか。

「いいお店ですね」

浅見はカウンターの中でコーヒーを淹れているマスターにというわけでもなく、ぼんやりと言った。

「ああ、古くて、汚ない」

老人が面白くもなさそうに言った。古くて汚ないのが、いい店の条件だとでも言いたそうだ。もっとも、そういう老人自身、あまり美しいとは言いがたい。着ているコーデュロイのジャケットも、かつてはどういう色をしていたのかを想像しにくいほど、カーキ色のような灰色のようなまだら模様を呈していた。店を汚ないと言われたマスターも、慣れっこなのか、ニヤニヤ笑っている。

老人の言うとおり、コーヒーの色と匂いが染み付いたような壁に、やはりコーヒー色に染まった風景画がいくつか飾られているだけの、殺風景な店内だが、何かここにはどっしりと腰を落ち着けられる雰囲気がある。〔ターフェル〕とは対照的な意味で、なかなか捨てがたい味のあるいい店だ。

「裏参道というのは、むかしは賑《にぎ》やかだったのだそうですね」

浅見は遠慮のない質問を発した。

「いや、むかしももともとはこんなもんであったよ。それがだんだん客が増えて、いっときはネコもシャクシも押し寄せた。札幌にこんなに人間がいるわけがないと思ったら、東京からわざわざやって来たというのだから呆《あき》れたな。それでもって、ばかな金権亡者どもが殺到して、店を出すわ、ビルを建てるわの大騒ぎになった。街の様子がガラッと変わったころになって、ブームというやつも下火だよ。バブルがはじけて、気がついてみれば、この街ののんびりしたいいところが消えて、地上げ屋の古戦場みたいなものになっちまった。東京の神田《かんだ》辺りもそうらしいが、世の中そんなもんだ」

「でも、まだこういう店があるし、なかなかムードのあるいい街じゃありませんか」

「お世辞でもそう言ってくれれば、ここのばかおやじなんかは喜ぶだろうな」

マスターが、言われたとおりに「ははは」と喜んで、コーヒーを運んできた。

「このおじいさんは口が悪いが、腹はいい人だから、気を悪くしないでくださいよ」

「ふん、おまえさんにいい人なんて言ってもらいたかねえな。だいたい、わしのことをじじい扱いをするなと言ってるだろうが」

老人はニコリともしない。

「失礼ですが、お名前は？　僕は浅見といいます」

「ん？……」

老人は意表を衝《つ》かれたような目を浅見に向け、ほんのかすかだが、はじめて目尻《めじり》に笑みを浮かべた。

「いや、じじいでいいのだよ」

明らかに照れている。浅見はこの老人が好きになった。

「徳永《とくなが》さんというのです」

マスターが教えてくれた。

「汚ない恰好《かっこう》をしてるけど、これでも大先生ですよ。札幌のことなら何でも知っている……つもりの大先生です」

マスターの皮肉にも、徳永老人は「ははは、つもりときたな」と他愛ない。

「そうですか、それはいい方にお目にかかれて幸運でした。じつは、僕は主に旅関係のフリーのルポライターをやってまして、裏参道に象徴されるような、札幌の街の栄枯盛衰を取材に来たのです」

浅見はあらためて名刺を出した。徳永はポケットから老眼鏡を出して名刺を見て、しばらくじっとして、それから徐々に視線を浅見に向けて、にっこり笑った。

「ふーん、そいつも珍しいなあ、旅関係の取材というと、栄枯盛衰の栄と盛のほうばかりヨイショして書きよるのがふつうだが、それはいい。だいたい、札幌――というより、北海道ってところは、内地に対して何かと対抗意識ばかり燃やして、経済でも文化でも絶対に負けたくない主義でな。だから、中央にはかっこいいことだけを知らせて、マイナスになるような話は北海道の外にはなるべく出さない傾向がある。そのくせ、道《どう》の中ではドロドロの闇仕合、上を下への大騒ぎをやっておる。いわゆるコップの中の嵐というやつだ。サッポロドーム計画なんてのが、一番の好例だな」

「サッポロドーム……ですか」

「ああ、ご存じないか、やはりな。ことほどさように、札幌の恥部は東京には教えないことになっておる。もっとも、札幌に東京や福岡のようなドーム型の競技場を建設するというのは、話そのものは悪いことではない。しかし、こういう話が持ち上がる背景には、必ず黒い噂がつきものでな。いや、噂ならいいが、事実だから困る」

「汚職ですか」

「ああ、汚職もだが、ただの汚職ならまだしも、政治の仕組みそのものに関わるような問題に発展しはしまいかと……北海道に住む者の一人として、危惧《きぐ》しておるのですよ」

徳永老人は眉間《みけん》に皺《しわ》を寄せて、腕組みをして考え込んだ。俯《うつむ》きかげんに背を丸めて小さくなると、市井の片隅のどこにでもいそうな老人に見えてくる。

「どういう話なのでしょう?」

浅見は老人を促すように言った。老人はチラッと浅見を見たが、「いや」と首を横に振った。

「やめておこう。まだ流動的なことだし、それに、道の人間として、やはり余所者《よそもの》には言いたくないことでもある」

徳永に好意を抱いた浅見だが、「余所者」という言い方にカチンときた。

「札幌に来るにあたって」と、浅見は話題を変えたように言い出した。

「札幌について書いてある、このガイドブックを読んでみたのですが、じつに奇妙なことに気づきました」

バッグから『さっぽろ歴史なんでも探見』という本を取り出した。中央《ちゅうおう》、北《きた》、東、西《にし》、南《みなみ》、豊平、白石《しろいし》、厚別《あつべつ》、手《て》稲《いね》と九つある札幌の区それぞれの、史跡や名勝、見どころなどについて説明した、なかなか分かりやすいガイドブックである。

徳永老人もマスターも、何を言い出すのかと、遠来の客に興味の視線を向けた。

浅見はコーヒーをひと口味わってから、おもむろに言った。

「この本では、札幌の九つの特別区ごとに、それぞれの歴史や史跡、名所などを紹介、解説しています。たとえば豊平区の紹介ではこう書いてあります。『ここの歴史は安《あん》政《せい》四年志《し》村鉄一《むらてついち》が豊平川東岸に駅逓《えきてい》と渡し守を営んだことに始まる……』。また南区のところでは『最初の定住者といわれるのが定山渓温泉の開基美泉定山坊《みいずみじょうざんぼう》。慶応《けいおう》二年、ここにきて仮小屋を設けたと伝えられる』とあります」

「ああ、そのとおりだと思うが」

徳永老人は、それがどうした？――という顔で言った。

「えっ、このとおりなのですか？」

「わしの記憶違いでなければ、たしかそうなっていたと思うが」

「そうなのですか……僕はまた、札幌の地名のゆかりが、アイヌ語のサッホロからきているというから、てっきりこの辺にもアイヌが住んでいたものとばかり思っていました」

「ん？　いや、それはもちろん、アイヌが住んでいたことは確かだが」

「だったらおかしいですね。この本のどこにも、アイヌがその土地の歴史の始まりだなどとは書いてありません。どの史跡の紹介にもアイヌのアの字もありません。まるで内地から日本人が無人島にやって来て、その瞬間から北海道の歴史が始まったような書き方です。それまで、その土地にいて、集落をつくり、社会生活を営んでいたはずのアイヌの歴史のことは、ぜんぜん無視したような印象を受けました」

「なるほど……」

徳永は頷《うなず》いたものの、若造に痛いところを指摘されたのがあまり愉快でないのか、しばらく仏頂面をしてから、やがてニヤリと笑って浅見を見た。

「あんた、余所者と言われたのが気に食わなかったな。いやいや、否定しなくてもよろしい、わしの失言だった。たしかにあんたの言うとおりだ。たかだか百年あまりの新住民のくせに、でかい面をして、内地の人を余所者呼ばわりなどと、おこがましい。そうですか、そんなふうに書いてありますか、気がつかんもんだなあ。書いた人間もおそらく気がついていないだろう。心せねばならんことだ」

喋《しゃべ》っているうちに深刻な表情に変わって、最後は目を瞑《つむ》ってしまった。

「すみません、生意気なことを言って」

浅見はさすがに気がひけた。

「いやいや、詫《わ》びることはない。あんたはお若いのに、なかなか立派なもんだと感心しておるところですよ。北海道の恥を余所者には言えんなどと、了見の狭いことを言ったわしのほうが恥ずかしい」

徳永老人は頭を下げて、「ところで、あんた昼飯はまだかな」と言った。

「まだだったら、わしが旨《うま》い蕎麦《そば》屋を紹介しよう。そうだ、少し早いが混まないうちに行ったほうがいい。さ、行こう行こう」

「はあ、それはありがたいのですが、まだコーヒーが……」

「そんな不味《まず》いコーヒーはいつでも飲める。あそこの蕎麦はそうはいかんのです」

徳永は立ち上がり、出口へ向かう態勢だ。まごまごしていると、腕を引っ張りそうな勢いだった。浅見はマスターに、老人に成り代わり非礼を謝って、コーヒー代を置くと店を出た。老人はさっさと通りかかったタクシーを停めて乗り込んでいる。

どこをどう走ったのかよく分からないが、繁華なビル街を出外れた辺りの静かなところで車を停めた。低い塀の上から篠竹《しのだけ》が背伸びした、ちょっと神田の〔藪《やぶ》〕に感じの似ている店がある。

徳永は運転手に「ここで待っていてくれ」と命じて、浅見を促して車を出た。浅見は待ち時間のメーターと、運転手の昼食をどうするのか心配したが、そんなことはまったく意に介さない様子だ。

店に入り、小上がりのような小さな座敷の奥の卓についた。たしかに評判の店らしく、少しの間に満席の状態になった。

「どうだ、わしの言ったとおりだろう」

満員の盛況を自慢そうに眺めながら、徳永は天麩羅《てんぷら》蕎麦を肴《さかな》に熱燗《あつかん》を傾けている。浅見はもっぱら蕎麦に専念することにして、天麩羅蕎麦にざる蕎麦を一枚追加した。徳永が自慢するだけのことはあって、蕎麦も旨いし、カニの脚まで入った天麩羅が旨かった。

「浅見さん、あんた、サッポロドームのことを書いてみる気はないかね」

熱燗をもう一本——と頼んでから、徳永は言った。

「はあ、それは場合によっては……しかし、徳永さんはさっき、外部には話したくないと言われましたが」

「ああ、それはあれだ、興味本位で書く、マスコミのばかども相手には、という意味だ。あんたは一本シンが通っておる。さっきあんたに言われたことは肺腑《はいふ》を抉《えぐ》ったな。わしもそうだが、北海道——とくに札幌の人間は唯我独尊みたいなところがあるのは事実だ。孤高を保つのはいいとしても、島国、日本の、そのまた北の外れの島の、ちっぽけなコップの嵐を、後生大事に隠しておくことはない。葦《よし》の髄から中央を覗《のぞ》いて、偉そうに不平ばかり言ってないで、まず隗《かい》より始めなければ日本はよくならん」

徳永老人はしきりに自己批判をしているのだが、浅見は正直、それほどの北海道通でもなく、徳永が卑下するように、札幌の人たちが唯我独尊だったりしているのかどうかも知らないので、返答に窮した。

「さて、行こうか」

また一方的に意思決定をして、徳永は「よっこらしょ」と立ち上がった。どこへ行くつもりか戸惑いながら、浅見がテーブルの上の伝票を取って靴を履こうとすると、

「おい、それをくれ」と言った。

「いいえ、ここは取材費で出しますから」

「若いのが生意気を言うんでないよ」

「しかし……」

正直いって、この貧相な老人に昼食を奢《おご》らせる勇気は、浅見にはなかったのだが、

徳永はひったくるようにして伝票を取ると、レジに向かった。見ていると、ポケットから無造作に一万円札を出し、釣り銭も鷲摑《わしづか》みにしてポケットに突っ込んだ。

タクシーに戻ると、徳永は「宮の森《みやもり》」と命じた。宮の森は大倉山《おおくらやま》シャンツェと並ぶ、有名なジャンプ台のあるところだから、名前だけは浅見も知っている。しかし、宮の森が札幌市きっての高級邸宅街だとは知らなかった。タクシーがゆるやかな坂を登っていくと、大型の邸宅がゆったりした敷地に建つ街になった。

徳永は「ここでいい」と車を停め、また無造作に一万円札を出して「釣りはいい」と言った。料金の倍近い額だから浅見も驚いたが、運転手はそれ以上にびっくりしていた。

6

徳永の家は鬱蒼《うっそう》と茂る常緑の樹木に囲まれた洋風の二階屋だった。この付近では古いほうの建物で、家そのものに牢名主《ろうなぬし》のような風格が備わっている。徳永が鍵《かぎ》も使わずにドアを入ったので、誰か家族がいるものとばかり思ったのだが、人気はまったく感じられない。風防室を通り、玄関に入ると、ひんやりした空気が浅見を迎えた。

「しばらく寒いが、じきに暖かくなる」

徳永は浅見を居間に通して、暖炉を燃やし、ファンヒーターのスイッチを入れた。畳数にして三十畳ほどはある広い空間だが、ものの十分もしないうちに上着もいらないほどの温度になった。

暖炉の前の椅子に坐《すわ》って、徳永の淹れてくれた渋い茶を飲んだ。何でも自分でやることに慣れているところをみると、お手伝いなども置いていないらしい。

「お独りなのですか？」

浅見は遠慮がちに訊《き》いた。

「ああ、独りだ。女房は死んだし、息子は東京だ」

徳永はどう見ても七十は超えていそうだ。息子もかなりの年配と考えていいだろう。これだけの資産家の子息となると、社会的な地位もそれなりのものにちがいない。

「ご子息は、お仕事は何をなさっておられるのですか？」

「息子は……いや、息子のことはどうでもいい」

老人は煩《うるさ》そうに首を振った。

「あんた、北海道開発庁のことを知っておるかね」

「はあ、知っています。といっても名前を知っている程度ですが」

「まあそうだろうな、本州の人間はだいたいそんなもんだ。北海道のことなど、観光地の話やカニだのサケだの食い物の話しか関心がないのだからな。あんただって、聞きたくもないにちがいない」

「いいえ、そんなことはありません」

「いいから、無理することはない、しかしだね、諸悪の根源のすべて、とは言わないが、根っこの大きな一つとして、この北海道開発庁なるものの存在があることを知っておいてもらわねばならん」

「はあ……」

「諸悪の根源と言ったのが、信じられんという顔をしておるな」

老人は声を立てずに笑った。

「明治の開拓期ならともかく、それから一世紀以上、戦後でも半世紀にもなろうという現在、北海道に開発庁などが必要かどうか、あんた、考えてみたことはないのかな」

「はあ、そういえばそうですが……」

「そうだとも、分かりきったことだ。北海道には道庁という立派な行政機関があり、支庁もあり、市役所もあれば町村役場もある。ほかの都府県となにほどの違いがあるというのかね。ところが、北海道にはその上に開発庁がある。屋上屋を架すというやつだ。いったい開発庁の目的は何か」

徳永は言葉を切って、暖炉の火を見つめた。眸《ひとみ》が赤く燃えている。

「北海道の開発は、『蝦夷《えぞ》』が、『北海道』と改称された明治二年に開拓使が設置されて始まった。その後、明治十五年に函館県、札幌県、根室《ねむろ》県が設置されたときに開拓使が廃止され、さらに明治十九年に三県が統合されてから昭和二十年の第二次大戦の終了に至るまで、一元的な組織体制の下に進められてきたのだ。ところが、昭和二十五年に北海道開発法が制定され、中央に北海道開発庁が、翌年には札幌に北海道開発局が設置され、さらに三十一年には北海道開発公庫が設置され、それぞれが独立したかたちで北海道開発を推進するということになった」

抑揚のない喋《しゃべ》り方であった。コンピュータが記憶しているデータを吐き出しているような無機質な感じだ。それにしても、ボケもせず、こんなことをよくも正確に憶《おぼ》えているものである。

「北海道庁というものがあるにも拘《かかわ》らず、なぜ開発庁のごときものを創ったのかといえば、その理由はとどのつまり、北海道開発にまつわる膨大な利権を中央で握りたいがためということになる。というのも、北海道は戦後一貫して革新色が強く、知事も革新系から選ばれることが多かった。中央としては、北海道知事の権限が及ぶ範囲を限定しておく必要があったのだな」

「なるほど、そういうことですか」

政治的なことの苦手な浅見にも、この説明はよく理解できた。

「したがって、北海道に政府直轄による開発など無用になった現在でも、その利権を握っておくためには、開発庁を畳むわけにはいかないのだ。いや、むしろ開発資金が増大すればするほど、利権を手放せなくなった。ちなみに、一九八八年度から一九九七年度までの第5期総合開発計画に北海道開発に投下される事業資金は六十兆円という巨額なものだ」

「年平均六兆円ですか」

数字に弱い浅見も、国家予算と比較して、その実感を得た。

「そのとおり。この甘い砂糖の塊りを、腹の黒いアリどもが放っておくはずがない」

「なるほど……」

浅見は「ほうっ」と溜息《ためいき》をついた。とはいっても、だから何なのか、まだ徳永の話の意図は摑めていない。

「この膨大な開発資金を当て込んで、北海道ではじつにさまざまな開発プロジェクトなるものが計画される。道路、港湾施設、ダム、河川改修、コンビナート、スポーツ・文化施設、エトセトラだな。個々のプロジェクトについては、かりに利権が絡むにしても、事業そのものはそれなりに意義のあるところだが、その背景に二重三重の利権を生む要素がある。その点が北海道の特徴といっていい」

「背景にある利権とは、具体的にはどういうことですか？」

「第一に土地だよ。北海道にはばかでかい土地がある。二束三文の原野みたいな土地はもちろん、札幌周辺の土地にしたって、東京や大阪とは較べようがないほど安い。しかし何もなしに放っておいたんでは、ただの野っ原でしかない。売り買いする値打ちもない。ところがだな、道路でも施設でもいい、開発庁お声がかりの事業が始まるとなれば、とたんに周辺土地の価格はボーンとはね上がる。事業自体は百億でも、波及効果はその十倍にも及ぶだろうというわけだ」

「ああ、その象徴的なものがサッポロドーム計画だとおっしゃるのですね」

「そのとおりだ。サッポロドーム計画は十数年前から『全天候型スタジアム』の名称で構想が取り沙汰《とざた》されはじめ、消極的な意見や反対論も多少はあったのだが、全体としては実現への期待感が急速に高まった。単純に一般の市民の感覚としては、半年近くも雪と氷に閉ざされて、野球もサッカーもできない札幌に、全天候型スタジアムができれば嬉《うれ》しいに決まっている。一九八二年当時には、知事が任期中に実現を約束するほどの盛り上がりようだった。ところが八四年の選挙で革新知事が誕生したとたん、その気運が下火になった。計画は凍結、それまでに注ぎ込まれた調査費の四千万円は『夢見代』だといわれた。建設費や維持費に膨大な赤字が見込まれるというのがその理由だが、しかし、そんなことは四千万円もの徒遣《むだづか》いをしなくても、早い段階で分かっているはずだ。計画凍結は、革新知事の誕生と無関係だとは思えない」

「つまり、革新道政の下では、利権を漁《あさ》る連中にとって旨味《うまみ》がないので取り止めになったということなのですか」

「まあそう考えていいだろうな。ドーム建設は知事の選挙公約だったことからいって、計画をストップするというのは矛盾している。しかし、その消えてしまったはずのドーム計画が、このところ『東京ドーム』に対抗する『サッポロドーム』の名称で再燃しはじめた。とくにサッカーのJリーグ人気が火に油を注いだといっていい。札幌にJリーグのフランチャイズを——というのは、これまた素朴な市民感情だよ。かてて加えて、開発庁長官に北海道出身の大臣が就任したことから、今度こそサッポロドーム実現へ向けて突っ走るだろうと思われたのだ」

「思われた——と過去形でおっしゃるのは、つまり、今度もまた、計画は頓挫《とんざ》したということですか？」

「いまが瀬戸際だな。せめぎ合いといってもいいかもしれん」

「しかし、開発庁長官が地元出身ということなら、計画推進に弾みがつくのではありませんか」

「地元といっても、長官の選挙区は札幌でなく、函館のほうだがね。いや、問題はそれとはべつのところにある。開発庁長官が後押ししている業者が、地元・札幌どころか北海道でもなく、なんと福岡県に本拠のある経和重工《けいわじゆうこう》という企業なのだ。これでは、ドームで甘い汁を吸うつもりでいた、地元業者や利権屋どもが黙って指を銜《くわ》えているわけがない。むろん、その連中とつるんでいる、北海道開発局も地元議会も行政も、ドーム計画からそっぽを向いて、このままだとまたしても計画の夢はしぼんでしまいそうな雲行きだ」

「ちょっと待ってください」

老人の話を聞いているうちに、浅見はだんだん不愉快な気分になってきた。

「徳永さんのお話だと、サッポロドーム建設は、まるで地元業者や政治家たちの利権漁りの対象でしかないように聞こえますが」

「そう聞こえて当然だよ。わしはそう言っているのだから」

「しかし、本質的には、サッポロドームの計画が一般市民にとっては夢であることに変わりはないのではありませんか？　その夢を実現する動きに対して、そこまで貶《おとし》めて考えなければならないものでしょうか」

「ほほう……」

徳永は珍しい骨董品《こっとうひん》でも見るように目を細めて、浅見を見つめた。

「浅見さん、あんた本当にルポライターなのかな？」

「は？　はあ、一応そのつもりですが」

「いや、侮って言うわけではないので、誤解はしないでもらいたいが、いまどきのルポライターで、あんたのような純なお人がいるとは、信じられないもんでな。わしなどは世の中のありとあらゆる不浄の物を見て、泥に塗《まみ》れてきたような男だが……それにしても、あんたのように、物事を素直に受け取れるとはなあ。やはり育ちのせいかもしれんな。羨《うらや》ましいことだ」

溜息をつき、首を振り、「しかし」とつづけた。

「残念ながら現実は日本じゅうどこへ行っても、程度の差こそあれ、公共事業には不正がつきものと思って間違いない。とくに北海道はパイがでかいだけに、不正のスケールもでかい。そのことを踏まえてかからなければ、本当の真実は見えてきませんぞ」

老人は目を剝《む》いて浅見を睨《にら》み、さらに言葉をつづけた。

「個々の例を挙げればきりがないが、全体を見ても官と業者の癒着《ゆちゃく》ぶりには露骨なものがある。そもそも、公共事業はすべて入札によって発注先を決める建て前になってはいるが、現実には、きわめて悪質な談合が行なわれていることは疑いもない。たとえば、受注額上位百社にはすべて開発局のOBが天下っているのだが、こんなことは、異常だとは思わないかね。北海道で行なわれる公共事業は、北海道開発庁の太いパイプで中央政府の金を引き出し、開発局の現役とOBの指導の下、業者間で談合し、たらい回しのように順送りにパイの分け前にありついているわけだ」

「しかし、もしそれが事実であるなら、公正取引委員会が調査に乗り出すでしょうし、場合によったら警察や検察の捜査の対象になるのではありませんか？」

「ははは……」

徳永は老人特有のわざとらしく聞こえる乾いた笑い声を立てた。

「公取など、何の役に立つものか。誰の目にも不正が行なわれているのが明らかなこの世の中で、公取が摘発した事例が過去、どれぐらい少ないかを考えれば分かることだ。埼玉土曜会の談合事件で公取の委員長自ら摘発に乗り出したケースでさえ、建設大臣の横槍《よこやり》が入って、とどのつまりは告発見送りで幕を下ろしたくらいなものではないか。公取が告発しなければ警察も検察も動きようがない。そんな及び腰の連中に尻《しっ》尾《ぽ》を摑《つか》まれるようなヘマは絶対にしないのが、わが国の談合組織というものだな」

警察批判を聞かされると、兄のことがあるだけに、浅見はシュンとなる。

「まだ納得いかん顔をしてますな」

徳永は少し優しい口調になった。

「まあ、百歩譲って、談合が必ずしも悪ではないという説もある。完全にクリーンな競争入札だと、無理なダンピング競争に拍車がかかり、企業の利益率が低下する。それを防ぐためという論理だ。たしかに、これが本来の談合の目的だが、北海道の場合はいささか違う。ふつうにやったのでは、発注先が本州の大手建設会社に偏って、道内の弱小企業の中には倒産するところも出るだろうから、原則的に本州の企業を締め出し、道内企業だけで順送りに受注できるような方式にするという考え方で、この方式の音頭取りは、じつは北海道開発庁だといわれている。日本が外国企業を締め出しているのと同じ方式だが、北海道の場合はさらに進んで、北海道内の企業だけによる談合でも、弱肉強食が発生するだろうから、あらかじめ開発局で発注先を決めておくという方式が考え出された。これを『北海道方式』と呼び、一九七〇年ごろから定着している。業界用語では『割り付け』と呼ばれるやり方で、もちろん独占禁止法違反もいいところだが、こんなのが平気でまかり通っているのが、いかにも北海道らしいおおらかさ——などと感心している場合ではない。これこそ官業癒着の最悪の構図だからな」

ここまで解説されれば、経済に疎い浅見としても理解できる。とはいっても、もともとルポライター本来の仕事としては、『旅と歴史』の取材で来た北海道だ。『旅と歴史』はこんな夢もロマンもない殺伐とした記事とは縁のない雑誌である。だいいち、浅見自身がこういう話は苦手としている。

(困ったな——)と思った。

天麩羅蕎麦《てんぷらそば》を奢《おご》られ、かなり抜き差しならないことになってはいるけれど、なんとかこの状況から脱出できないものか——という気持ちがはたらいた。

「分かりました。ただ、これを記事にするためには、データと証拠が必要になってきますが、はたして入手可能でしょうか？」

あからさまな逃げ腰で言ったのに、徳永は胸を叩《たた》いて、「大丈夫」と言った。

「必要なデータはわしのところにある。証拠もある。あと必要なのは、あんたのやる気と正義心だけだが、それも充分にあるとわしは信じている」

「ありがとうございます」

浅見は頭を下げながら、（どうする、浅見クン――）と目を瞑《つむ》った。

第三章 「ヤクモ」の謎

1

ホテルに戻ると越川春恵からのメッセージが入っていた。「六時半にホテルにお迎えに行きます。玄関前でお待ちください」ということである。それまでまだ二時間ばかりあった。浅見は徳永から借りてきた「データ」をテーブルの上に広げて、あまり熱心でない気分で、ペラペラとめくってみた。

分厚いファイルには、サッポロドーム計画のこれまでの経緯が、ひととおり整理されている。これで資料のほんの一端——基礎的なものでしかないのだそうだ。

「信じている」とは言ったものの、東京からフラリとやってきたような初対面の若者が、必ずしも全面的にこの「仕事」にのめり込むかどうかについては、さすがに徳永老人としても、不安が残るらしい。「あんたのやる気が本物になったら、また来るといい」と、別れ際にこのファイルを手渡しながら、徳永は言っていた。

しかし、あの老人はなぜこの僕に？——という疑問が浅見にはある。徳永が言っていたように、浅見はルポライターと名乗ったとはいえ、素性さえ知れぬ「余所者《よそもの》」であることは事実なのだ。同じデータを渡すにしても、もっとちゃんとした相手がいくらでもありそうなものだ。

徳永は「マスコミのばかども」と言った。過去に何か、マスコミに裏切られたような事情があるのかもしれない。新聞にしろテレビにしろ、取材時に伝えられた内容と、実際に公にされた内容とではまるで異なる場合がある。マスコミ側の恣《し》意的な論調にすり替えられることは珍しくないし、ときには肝心な部分を握りつぶされる。とくに政界や財界の暗部に触れるような事柄については、強大な圧力がかかったり、マスコミ内部での規制があったりで、そのまま表に出てこないケースがいくらでもある。

浅見に手渡されたのは、おそらく膨大なものと思われるデータのごく一部なのだろう。いわばダイジェスト版といったところなのかもしれない。それでも、徳永が言っていたような北海道開発庁や開発局と業者の繋《つな》がり、それに行政や銀行にいたるまで、さまざまな公共事業のケースを列挙して、それらとの関わりに疑惑のあることを示している。

そして問題のサッポロドーム計画と、そのプロジェクトへの参入が有力視される企業として、経和重工がにわかに浮上する。

東京の、それも政治、経済には無縁の人間である浅見にとっては、サッポロドームのような大きなプロジェクトに、日本はおろか、アメリカであろうと韓国であろうと、どこの企業が参画しようといっこうに不思議はないと思える。北海道の事業は道内の企業で——という閉塞《へいそく》的な考え方のほうがよっぽどおかしい。

しかし、北海道の場合、とくに経和重工に関しては、そう単純な割り切り方はできないらしい。経和重工がサッポロドーム計画に参入してきた背後には、開発庁長官の江場《えば》昭義《あきよし》の強引な意思がはたらいているということなのだ。

江場開発庁長官は北海道三区——函館地方を選挙区にしている。札幌での事業は選挙に直接関係がないとはいっても、同じ北海道。地続きのしがらみが有形無形に作用しないはずがない。早い話が、ドーム建設の資材調達から作業員の確保など、北海道全域にわたって経済的な影響が出ることは間違いないのである。

そのビッグプロジェクトを福岡県あたりの業者に恣《ほしいまま》にされるのを、函館の業者や市民としても許しておくわけにはいかないことは、浅見にも理解できるほどのことだ。当然、その影響は次回の選挙に出るだろう。それにも拘《かかわ》らず、江場長官が経和重工に肩入れするのには、それ相応の理由がなければならない。

それにしても、経和重工に対する江場の入れ込み方には異常なものがあったようだ。際立って不自然なのは、以前、全天候型ドームの建設計画がいったん下火になったとき、計画に異議を唱えた急先鋒《きゅうせんぽう》が江場自身だったということだ。これによって、江場はドーム建設を公約の一つに掲げて当選した革新系知事の面子《メンツ》を失わせしめた。

当時の江場は保守党の陣笠代議士で、ごく目立たない存在だったが、北海道の革新知事に楯突《たてつ》いたことで、保守党——とくに派閥内部での株を上げたといわれる。北海道は利権の温床であり、ジャガイモと並んで政治資金の産地でもあるのだ。「江場は使える」と派閥幹部が皮算用したのは、むしろ当然といえる。事実、それまではまったく無視されていた江場は、それ以降、何かにつけてスポットライトを浴びるようになった。

そして、焼けぼっくいに火がついたようにサッポロドーム計画が再浮上したとたんに、江場は開発庁長官に任命された。その一方では、派閥の大ボス小ボスが、江場を通じて経和重工と急接近しはじめた。福岡の本社社屋の落成式には、元総理をはじめ、派閥の大物が参加し、提灯《ちょうちん》持ちの挨拶《あいさつ》をしている。

経和重工は「重工」などと、一見大きそうな社名をつけてはいるが、つい十数年前までは「経和鉄工所」という名称で、鉄鋼会社の下請けのような会社にすぎなかった。それが超高度経済成長期に便乗する恰好《かっこう》で、各地で不動産事業を展開、それを基礎に急速かつ全国的に事業規模を拡大した。ゴルフ場を中心に、リゾートホテル、テーマパークなどの建設に参加し、土地買収・販売などでは、目敏《めざと》い動きを見せた。とりわけ、高規格道路の建設に伴う周辺土地の値上がりでは、膨大な利益を上げた。いずれの場合にも、その情報が計画段階以前に経和重工に漏れているとしか思えないようなタイミングで土地を買い占めたといわれる。

北海道における経和重工の事業は、札幌・苫小牧間の大規模宅地開発がもっとも大きなものである。その用地買収を手掛けはじめた直後、札幌と苫小牧を結ぶ高規格道路のルートが、それまでの計画とは一部変更になって、モロにその土地の近くを通過することが決まり、土地の価格が一挙に数倍にはね上がった。そのときのルート変更の理由は環境資源の保護ということだ。たしかに、予定されていたルート付近は、キタキツネなどの生息地として環境保護団体の強い抵抗があったから、変更もやむをえないといえる。しかし、それにしてもタイミングがよすぎるのではないか——として注目されたが、疑惑を招くところまでには至らなかった。

その当時はまだ、江場は開発庁長官にはもちろん、政府や議院内での重要な役職にもついていなかった。しかし、将来のポストをちらつかせられ、派閥の集金係としてさかんに働きはじめたころだ。北海道内の情報に通じていたし、環境保護団体をバックアップしていたことからいって、早い時期にルート変更を予測できる立場にはあった。

そのときの「実績」が、江場を開発庁長官に起用させたと噂されるのは、それからしばらく後——サッポロドーム問題が取り沙汰《とざた》されるようになってからのことである。

資料を浅見に渡すとき、徳永老人はやや慎重な口調で「江場には、もうひとつ、いや、むしろこんなことより重大な疑惑があるのだが……」と言った。浅見はその続きの言葉を待ったのだが、結局、それっきりで、話は終わった。その話に触れるには、いまいち浅見を信頼しきれていない――と言いたいところだったのだろう。

ふと気がつくと、窓の外はとっぷりと暮れていた。時計はすでに六時をまわっている。浅見は身支度を整えて玄関へ出た。気温はかなり下がったが、札幌の寒さを覚悟してきたほどのことはない。

越川春恵は約束の六時半ちょうどに、玄関の車寄せにタクシーでやって来て、車から降りずに浅見を拾い、運転手にススキノのなんとかいう店の名前を早口で告げた。

「昨日の新聞にはびっくりしましたわ」

挨拶らしい挨拶も抜きで、のっけからその話を始めた。

「心配していると、何を聞いても何を見てもそう思えちゃうみたい。浅見さんが落着いているんで、やっと安心しました。やっぱり男のひとなんですねえ」

「ははは、それじゃ、その前はあまり男として認めていなかったように聞こえます」

「そう、そうかもしれない。正直なところ、浅見さんてちょっと見た感じ、頼りないじゃありませんか。あら、悪い意味じゃないんですよ。なんていうか、坊ちゃんみたいな感じで、優しそうで、腕力だとか、そういうのも弱そうだし……」

「それは当たってますよ。僕は腕力にはまったく自信がありません」

「でもね、男のひとだって腕力が強ければいいってもんじゃないですものね。うちの主人もそう。見かけはおとなしそうだけど、思い込んだらけっこうシンの強いところがあるんですよねえ。私の言うことなんか、あまり聞かないで、暴走しかねないような……」

語尾に少し、気掛かりなもののある気配を感じさせる言い方だった。

タクシーはじきに目的の店の前に着いた。外見は番屋を思わせるような造りの店で、店内に大きな生《い》け簀《す》があって、カニやエビ、ヒラメ、タイなどの魚やアワビ、サザエなどが客の注文で選べる仕組みだ。

春恵は顔馴染《かおなじ》みとみえ、店員に「適当にお願いね」と頼んでおいて、すでに予約してあったらしい奥まったテーブルに着いた。

カニを中心にした魚料理のコースが出た。カニを食べるときは無口になるというが、春恵は手のほうも口のほうも達者なもので、浅見のぶんまで、カニの殻の剝《む》き方など、いろいろ面倒を見ながら、よく喋《しゃべ》った。

春恵は北海道の女性にしては珍しく、アルコールはほとんど嗜《たしな》む程度だということで、あまり酒の強くない浅見は助かったが、そのぶん、お喋りに付き合わされた。

話題はもっぱら浅見の身上調査みたいな内容で、年齢、家族構成から趣味、結婚しない理由など、根掘り葉掘り聞き出そうとする。浅見は隠す必要のない部分は話すが、話しても意味のないことや、とくに兄の陽一郎《よういちろう》に関することについては、いっさい話さない。

春恵の興味はとくに浅見が結婚しない理由に集中した。「こんなハンサムを女性が放《ほ》っておくはずがありませんよ。独身でいるなんてこと自体、近所迷惑だし、一種の社会悪だわ」などと言う。

「社会悪と言われても、これぱっかりは僕だけの自由になるものじゃありません」

浅見は笑いながら言った。

「嘘、浅見さんがその気になりさえすれば、自由になる女性はいくらでもいると思うな。私だってもうちょっと若くて、主人がいなかったら立候補するんだけど」

酒は飲んでいないのだから、酔った勢いというわけでもないのに、春恵はかなり際どいことを言う。

「なんなら候補者をご紹介しましょうか」

「はあ、お願いします」

浅見は仕方なく頭を下げておいて、深みにはまらないうちに話題を変えた。

「ところで、問題の白井さんに会う方法についてですが、何かうまいきっかけか口実はありませんか」

「そうねえ……白井さんが北海道にいるあいだだったら、同じパークサイドホテルに泊まられるから、さりげなく会うチャンスはあるでしょうけど、一昨日《おととい》帰られたばかりだし、今度はいつ見えるのか……」

「あ、そうそう」

浅見は思い出して言った。

「じつは、電話ではお話ししなかったことですが、戸田さんはパークサイドホテルに泊まった日に、白井さんの部屋を盗聴していた疑いがあるのです」

「え、盗聴？……ホテルでですか？」

悪趣味――と言いたそうに、春恵は眉《まゆ》をひそめた。

「そのときに戸田さんは、何か白井さんの行動に関して情報を得たのではないでしょうか。それで急遽《きゅうきょ》、白井さんを追っていったと思ったのですが」

「ふーん、そうなんですか……でも、列車を使ったらしいというだけでは、どこへ向かったのか、ぜんぜん見当もつきませんわね」

「函館へ行ったとは考えられませんか。その時刻の列車だと、函館行きの北斗8号がぴったりなのですが」

「そうねえ、函館にもうちみたいなプロモート会社があるから、たぶんお付き合いがあるはずですよ。札幌ほど仕事にはならないとしても、たまには顔を出すかもしれませんね。だけど、そんなことだったら、戸田さんが慌てて追いかけていくっていうのは、変じゃないかしら？」

「そうですね、何かべつの事情があったとしか思えませんね」

カニを食べるためでなく、二人はしばらく沈黙した。浅見の頭の中には、ホテルを出る白井と、それを追いかける戸田の姿がある。札幌駅や列車内の風景も思い浮かんだ。春恵のほうも同じ想いにちがいない。

「その後、ご主人はどうなんですか？　やはり白井さんに傾倒なさってますか」

「たぶん……というのは、このごろあまり白井さんのことには触れないようにしているんです。どっちがっていうわけじゃないんですけど、二人ともなんとなく避けてるって感じかな。でもやっぱり、白井教の信者であることには変わりないと思いますよ」

おどけた言い方だが、夫に対する不満は隠しきれず、深刻な表情になった。

「あのひと、何を考えているのか、分からないときが増えたみたいで、心配なんですよ。まあ、仕事のほうは順調にいってるからいいみたいなもんですけどね」

最後は無理やりプラス思考に転じるような口調で言った。

鮮魚料理屋を出たのは九時ごろだったが、ススキノの夜はおそろしく賑《にぎ》やかだ。とくに若い女性の姿が目立つ。治安がいいせいかもしれないが、地方都市としては稀有《けう》の例だろう。もっとも、札幌を地方都市などと言っては、札幌人に叱られるかもしれない。

春恵がどこかでお茶でも飲みましょうか——というのを辞退して、浅見はホテルに引き揚げることにした。もう少し話し相手が欲しそうな様子だったが、春恵は浅見を送ったタクシーで帰っていった。

フロントにキーをもらいに寄ると、「お帰りなさい」と顔を上げた野田チーフが、「あれ？　いまそこに白井様が……」と、エレベーターホールの方向に目を向けた。浅見が白井の知り合いだと思っているから、気づかなかったのが不思議そうだ。

「え？　ほんと？……」

浅見はうっかりした——というように、慌てて野田の視線の先を追った。すでに三十メートルほど遠ざかった、スーツの後ろ姿があった。それほど長身ではないが、肩幅のがっしりした、春恵ではないけれど頼もしそうな紳士に見える。

「変だな、白井さんは一昨日東京へ帰るって言っていたはずなのに？」

「はい、急にご予定が変わられたとかで、明後日《あさって》の火曜日のチェックアウトに変更なさいました」

「そう」

浅見はキーを受け取ると白井を追った。

エレベーターの前にいる白井に人なつこい顔を作って会釈をした。白井は細い黒縁の眼鏡をかけている。額が広く聡明《そうめい》そうな顔だが、知らない男に声をかけられ、当惑げな面持ちで会釈を返した。

フロントの野田がこっちを見ている。

「以前、札幌駅でお目にかかりましたね」

浅見はヤマをかけて、いかにも親しそうなポーズを作って言った。

「あ、そうでしたか」

「ええ、八月三十一日でした。函館行きの北斗8号にお乗りになったんじゃなかったでしょうか」

「えっ？……」

白井が明らかに警戒の色を見せたとき、エレベーターのドアが開いた。降りる客はなく、浅見は「どうぞ」と、ドアボーイのように白井に先を譲った。白井は九階のボタンを押した。浅見は六階だが、十階のボタンを押しておいた。

「あのときはやはり、函館へ行かれたのですか？」

「さあ、どうでしたか……失礼ですが、どちらさんでしたか。どうも近ごろとみに忘れっぽくなってしまって……」

恐縮と警戒をミックスした顔で、上目遣いに浅見を見ながら、言った。

「あ、いえ、憶《おぼ》えていらっしゃらないかと思います」

浅見は名刺を出した。

「ずっと前、外タレか何かの来日公演で、記者会見があったさい、会場で白井さんをお見かけしただけですので」

「ああ、そうでしたか。すると、浅見さんはフリーライターを?」

肩書のない名刺に少し戸惑いながら、言った。

「そうです、もっぱら芸能関係と旅行関係のルポを書いています。いつもお世話になっています」

「あ、いや、こちらこそ」

「函館は、やはりプロモーターの方とお会いになるためですか?」

「は?　ああ、そう、そうでした……」

言葉の途中でエレベーターは停まった。九階の数字を振り仰いで、「お先に」と白井は降りていった。いやな相手から逃れられて、ほっとした表情を見せていた。

2

翌日、浅見はチェックアウトする前にポロ・エンタープライズに電話した。東京感覚でいうと、この種の業界ではまだ早すぎる時間だから事務所には来ていないかな――と思ったが、ベルが鳴るとすぐ「はい、お早うございます、ポロ・エンタープライズです」と、越川春恵の陽気な声が応じた。昨夜のいくぶんしおれたような気配は微塵《みじん》も感じさせない。強い性格の女性である。

「昨夜、あれからホテルに戻って、偶然、白井さんに会いましたよ」

「えっ、ほんと？　じゃあまだ札幌にいらしたんだわ……そうですか。それで浅見さん、どうなさったんですか？」

「エレベーターの中でひと言ふた言、喋《しゃべ》っただけですが、それなりに手応《てごた》えがあったような気がします。彼はやはり八月三十一日に函館へ行っているみたいですね。それで、これからチェックアウトするところですが、そのあと函館へ行ってみようと思っています。昨日おっしゃっていた函館のプロモーターというのが分かればと思いまして」

「そうなんですか。それはご苦労さま。私もできればご一緒したいんだけど、今日は面接のコが来る予定があるものですから……函館の会社の名前は宮下企画《みやしたきかく》っていって、宮下さんていう人が社長をしてる、うちと同じような小さな会社です」

「分かりました。じゃあ、その結果をまたご連絡します」

「はい、お待ちしてます……でも、気をつけてくださいね。無理しないで」

女性らしい気遣いが滲《にじ》み出たような、湿った口調になった。

九時四六分発の「北斗8号」はガラガラに空《す》いていた。オフシーズンの月曜の朝はこんなものなのかもしれない。ヒーターが利いていて、車内は眠けを催すほどの暖かさだ。

列車は札幌から南下して苫小牧へ出て、太平洋岸沿いに室蘭方面へ向かう。苫小牧の手前にあるウトナイ沼付近では、もう白鳥の舞い下りる姿が見えた。暖かいと思っているうちに、冬は白鳥と一緒にすぐそこまで来ているのだろう。

白老《しらおい》、登別《のぼりべつ》——と観光のメッカがつづく。この次はいつ来られるか知れないと思うと、ちょっと寄り道していきたい心境だが、そうもいかない。

列車の窓からはときおり、海が間近に見えて、飽きることはない。そういえば、昨日見た地元のテレビ番組で、登別の海岸では砂浜の砂が浸食されて、海岸線が後退しつつあるという話を放送していた。原因は河川の上流部の治水ダムが完備したことだそうだ。むろん洪水対策として行なったものだが、一方がよくなれば、どこか別のところで被害が出るということなのだろうか。

道路が発達すれば便利にはなるが、環境破壊も当然起こる。経済活動が活発になって、国民の生活水準は上がった代わりに、多くの自然環境が損なわれ、人間の精神風土も荒廃した。物質的な豊かさの代償に、心の平穏を支払ったことは確かなのだ。

雪と氷に閉ざされる白い長い冬、サッポロドームもいいかもしれないけれど、ひっそりと炬燵《こたつ》でまどろむような一家団欒《だんらん》と、どちらが幸せな時の流れなのか——と思うのは、余所者《よそもの》の身勝手なのだろうか。

室蘭と洞爺で、かなりの人の乗り降りがあったのを憶えているが、それから間もなく、眠ってしまったらしい。気がついたら列車は山のあいだを抜け、草原のようなところを走って、湖に架かる鉄橋を渡った。大沼《おおぬま》公園である。湖面に晴れた空と白い雲が映ってじつに美しい。大沼、小沼《こぬま》には大小百二十六の島が浮かぶそうだが、こういう観光スポットがふんだんにあるのだから、北海道の広さや大きさをあらためて実感させられる。

それからほんの二十分ほどで終点の函館に着いた。札幌よりは気温も少し高いのか、内陸の札幌と違って、海洋性の空気のせいなのか、駅を出ると浮き立つような気分になる。舗道を歩く靴音も、心なしかカンカンと明るく聞こえた。

函館駅は名前のわりに古く貧弱で、国鉄時代の長い不況を物語っている。駅前の風景は、一方には名物の朝市街があり、目を転じるとかなり高層のホテルやビルが建ち並ぶというアンバランスが、なんとも珍妙だ。

電話帳で調べて電話すると、「宮下企画です」と女性の声が出た。春恵に「小さい会社ですよ」と吹き込まれていたから、いきなり社長が出るかな――と思っていただけに、なんとなくほっとした。

「宮下社長はいらっしゃいますか？」と訊《き》くと、すぐに電話を代わってくれた。「宮下ですが」と、想像どおりのダミ声であった。

「東京の雑誌社の者ですが、地方のプロモート会社の活躍ぶりを取材しています。そちらにお邪魔したいのですが、ご都合はいかがでしょうか？」

突然思いついた用向きだから、断わられるかなと思ったが、宮下社長は「へー、うちあたりをねえ」と笑いを含んだ声で言いながら、快諾してくれた。

市電の走る広い通りを真っ直ぐ行って、緑地帯のある通りを左へ、市役所の方向へ行ってくれ――と指示された。函館駅から四、五百メートルだろうか、緑地帯のある通りは広く、街路樹も紅葉してなかなかきれいだ。通りの行く手には市役所らしい茶色い建物が見えている。その近くの「カスタニエ」というホテルの裏手にある「汚いビルだ」と宮下社長が言っていたとおりの、かなり古い四階建てのビルの三階の窓に「宮下企画」の名が出ていた。

階段で三階に上がりドアをノックすると、「どうぞ」と女性の声と一緒にドアを開けてくれた。どことなく越川春恵と面差しの似通った、色白の女性であった。

オフィスの中は雑然として、地震の後始末が終わっていないようなありさまだ。デスクは四つあるのだが、女性のほかには中年というより初老といったほうがよさそうな男が一人いるだけで、それが宮下社長だった。

「うちあたりを取材しても、どうしようもねえんでないの?」

電話のときと同じことを言った。このオフィスのひまそうな様子をみるかぎり、謙《けん》遜《そん》ではなく事実に近い感想にちがいない。

「いえ、こういう地方都市で頑張っている会社にスポットライトを当てるのが、今回の企画意図ですから」

「ふーん、そんなもんですか」

浅見は函館でのプロモーターの仕事ぶりのあれこれを質問した。むろん取材はつけたりだが、宮下の苦労話を聞いていると、それなりに興味深いものがある。中央のスマートなイベント企業などとは違う、少しみみっちいけれど、野放図であっけらかんとした、泣き笑い人生そのもののようなこぼれ話が、いくつも聞けた。函館のヤクザのボスが北海道出身の演歌歌手の大ファンで、そのお陰で会社の仕事がうまくいっている話など、前近代的だが実話として聞くと迫力がある。ひょっとすると、これは瓢《ひょう》簞《たん》から駒で、ちょっとした読み物に仕上がるかもしれない――などと思った。

とはいえ、本論はべつのところにある。

浅見は頃合いを見計らって白井信吾の名を出した。「たしか、大同プロモーションの白井さんは宮下さんとお付き合いがあるのでは？」と訊いた。

「ああ、白井さんを知っているのかね。もちろん、うちも大同さんとは取引があるし、白井さんに面倒見てもらっていますよ」

「そういえば、八月の末でしたか、函館に行くとか言ってましたけど、そのときもやはりこちらの仕事だったのでしょうかね」

「八月？　いや、八月はあんた、お盆までで仕事は休みだよ。二十日から九月の頭までは開店休業みたいなもんだね」

「そうですか……じゃあ違うところへ行ったのかな？　函館にはいくつもプロモート会社があるのですか？」

「そりゃ、もぐりみたいなヤクザみたいのはいるけど、白井さんが付き合うようなまともなのはうちぐらいなもんだよ。だいたい、函館に来たらうちに声をかけねえことは、まず考えられねえでしょう」

宮下は自信たっぷりに言った。

昨夜、エレベーターの中で白井に、「函館は、やはりプロモーターの方とお会いになるためですか？」と浅見が訊いたのに対して、あいまいな口調ながら「ああ、そう、そうでした」と肯定していた。あれは嘘をついていたことになる。もっとも、どう答えようと責任のない相手なのだから、それをとやかく言える立場ではない。しかし、それはそれとして、白井がどこへ行ったのかという問題は残ったわけだ。

宮下企画を出て、何気なく見上げた向かい側のビルの窓に、大きく「江場昭義事務所」の文字が並んでいた。函館は江場の選挙区と知っているのだが、徳永老人に会って江場開発庁長官の黒い噂を聞いた昨日の今日だから、なんとなく、胸にドキリとくるものがあった。

函館で時間をつぶすつもりはなかったが、駅まで、あちこちと街をうろつきながら、のんびり歩くことにした。

函館の観光名所は南の函館山と北の五稜郭《ごりようかく》周辺にかたまっていて、市役所の周辺は銀行や変電所など、ビジネス中心の街になっているらしい。それでも、飲食店はむやみに多い。それも外装などなかなか凝っていて、つい誘われる。考えてみると、朝早くにホテルでベーコンエッグとパンを食べたきりだ。

駅近くまで行って、ビルの中に〔五島軒《ごとうけん》〕の看板を発見した。カレーが有名で、兄のところに詰合わせセットか何か、〔五島軒〕の贈り物が届いたのを見たことがある。いくつかある支店の一つらしい。浅見は店に入り、脇目もふらずカレーライスを注文した。

カレーを食べながら、八月三十一日に白井の行った先を考えた。

宮下は「函館に来たらうちに声をかけねえことは、まず考えられねえでしょう」と、ひどく自信たっぷりに言っていたが、それはどうだか分からない。何かべつの、それもあまり人に知られたくない目的があったとしたら、ひそかに訪れてひそかに帰っていっただろう。

ひそかな目的か——と、浅見は福神漬をポリポリ嚙《か》んだ。顎《あご》の振動が脳に伝わると、いい知恵が湧いて出そうな気がする。

函館は港町である。出船入り船が引きも切らない。当然、外国船も入ってくるだろうし、ことによると麻薬や拳銃《けんじゅう》の密輸なんてことも日常的に行なわれているのかもしれない。

「ヤクも……」という、テープの白井の声が頭の中に蘇《よみがえ》る。

「そういうことかな……」

浅見は独り言を呟《つぶや》いた。通りかかったウェートレスが「何か?」という目を向けたのに「美味《おい》しいですね」と笑顔を見せた。ウェートレスは「ありがとうございます」と嬉《うれ》しそうに会釈をしていった。

麻薬絡みの事件だとすると、白井を追った戸田が巻き込まれ、殺された可能性は充分、考えられる。麻薬を扱う連中のやることは容赦がない。殺し方もあっさりしていて、死体遺棄の方法も単純明快、海の底に沈めてしまうと思っていい。大抵の場合、死体が上がらないかぎり、事件は闇から闇、一人の人間が社会から消えたところで、国家の命運を左右しなければ、どうでもいいこととして片づけられるものである。

新潟県などで何人もの若いカップルが行方不明になった事件など、警察もあまり熱心に動かなかったが、その後何年も経って、彼らが北朝鮮にいたという情報が流れたことがある。そのほか、年間に行方が分からなくなる日本人は相当な数にのぼるはずだ。

茨城《いばらき》県の医師の妻子三人が、横浜《よこはま》港から死体で発見された事件なども、もし死体が出さえしなければ完全犯罪になりかねないケースだった。わずか二キロばかりの重しで沈めるという、いかにも素人っぽい手口が事件発覚の端緒になった。しかし、殺しに慣れた連中ならそんなヘマはしない。二度と浮上しないしっかりした重しをつけて津軽海峡に沈めれば、日本海からの潮流が太平洋の深海に死体を押し流してくれるだろう。

浅見の脳裡《のうり》には、足の重しを引きずりながら、コンブの林を抜けて、日本海溝に落ちていく男の死体が浮かんだ。北海道の海は冷たかろうが、冷たさを感じないだけが救いかもしれない――などと、ばかなことを考えた。

それにしても、エレベーターで行きずりのように会って、ほんの短い言葉を交わしただけだが、あの白井という男が凶悪な麻薬組織の一味であり、しかもことによると殺人グループの一員であるなどとは、どうしても思えない。理由は――と訊《き》かれても

「勘」としか言いようがないが、もしそうだとすると、人を見る目には自信のあるつもりの浅見としても、自分の感覚を、根底から覆さなければならなくなる。

〔五島軒〕を出てから朝市を冷やかすと、「イカそうめん」や「いくら丼」の看板が目についた。どれも旨《うま》そうで、あれにすればよかったかな——などという反省が湧いたのを思い捨てて、浅見は大股《おおまた》で函館駅に向かった。

駅の構内に入るとアナウンスが「日本海《にほんかい》4号」の案内をしていた。青森から羽越《うえつ》本線経由で大阪まで行く夜行寝台特急だ。

「日本海」は例の軽井沢の作家のデビュー作『死者の木霊《こだま》』の重要な小道具として登場していたのを思い出した。浅見が義理でその本を読んだときは、まだ青森始発だったのが、青函《せいかん》トンネルができ、海峡線ができてから函館始発になったらしい。あの作品では夜霧にけむる青森駅のプラットホームを離れていく「日本海」のシーンが印象的だったのだが、いまでは成立しにくい話になるのかもしれない。世の中が進歩すると、小説、ことに推理小説の材料も変質して、いろいろ不都合が起こるもののようだ。

「日本海4号」が出てからまもなく、浅見の乗った「北斗17号」が発車した。すでに陽は傾き遠い山の稜線《りょうせん》に沈んでいった。この列車は札幌には午後九時近い到着である。それからビジネスホテルを探すことになる。やれやれ——と、浅見は老人のように心の中で愚痴をこぼした。

大沼公園付近では完全に日が暮れて、せっかくの風景は闇に沈んでしまった。大沼公園駅を出ると、車掌が眠そうな声で「次の停車駅は森《もり》、森に停まります」と告げた。森町は遠州《えんしゆう》森の石松《いしまつ》の森と関係があるのかと、浅見は思っていたのだが、そうではないらしい。ものの本によると、アイヌ語で樹木の繁るところ——という意味の「オニウシ」という古地名を意訳したものだそうだ。

北海道の地名はアイヌ語を無理やり和名に書き換えたようなのが多い。ことに内陸や北のほうのは、弟子屈《てしかが》だとか新冠《にいかつぷ》だとか、かなり苦労した感じだが、渡島《おしま》半島は早くから内地人が移住したり城を築いたりしていただけに、それほど珍しいものは少ない。

森を出て間もなく「次の停車駅は八雲《やくも》、八雲に停まります」というアナウンスが聞こえた。『怪談』の作者小泉《こいずみ》八雲の八雲だな——と、浅見はぼんやりと思った。それからしばらく間があって、愕然《がくぜん》とした。

「やくもか……」

車掌のアナウンスは平板に、むしろ「く」にアクセントをつけて言っていたから気づくのが遅れたが、「や」にアクセントをつける、いわゆる東京弁で発音すると「ヤク」が強調されて、あたかも「ヤクも」と言ったように聞こえそうだ。

戸田が盗聴録音した白井の声は「ヤクもですか?……大丈夫かな……」だった。

ことによると、八月三十一日の朝、「北斗8号」に乗った白井の目的地は、函館ではなく八雲だったのではないか——。

列車は森から二十分ほど走り、六時過ぎに八雲に着く。八雲とはどういうところなのか、まったく知らない土地だが、浅見はほとんど衝動的に降りる準備を始めた。

3

八雲の駅舎は簡素で、いくぶん殺風景だが、特急の停車駅だけあって、プラットホームにはちゃんと屋根もあるし、冬の備えに関してはさすがにがっちりしている。潮の匂いのする風が吹き抜けるホームには、浅見を含めて三人の客が降りた。

改札を通るとき、ホテルの有無を訊いた。駅前を真っ直ぐ行った突き当たりの角に、ビジネスホテルがあると教えてくれた。そのほかにも旅館や町営の温泉旅館などもあるらしい。小さな町だが、見た目よりは繁栄しているのだろうか。

とりあえず、教わったビジネスホテルを訪ねた。駅の東——海側に市街地の中心があるらしく、反対側は真っ暗だが、浅見が出た駅前通りは、それなりに明るい雰囲気だ。もっとも、大きなビルはまったくなく、二階建ての店ばかりが並ぶ。その中でひときわ目立つ三階まである建物が、目指すビジネスホテルであった。

いまどき泊まる客は珍しいのか、フロントは空っぽで、呼び鈴を三度も鳴らしてから、やっとおばさんふうの女性が現われた。シングルの部屋は一泊四千円だそうだ。何にしても安いことはいい。以前、福井県の小浜《おばま》市で、やはり目茶苦茶に安いホテルに泊まって、ひどい部屋だったのに懲りたことがあった。それと較べれば、このホテルのはまずまずの部屋だった。

おばさんに「ここは夜、仕舞うのが早いから、八時になると真っ暗になりますよ」と脅かされて、店の閉まらないうちに外を歩くことにした。

街中の道は片側一車線だが、ゆったりしているし歩道もあって、かなり広い。北海道はどこへ行っても土地だけはたっぷりある。道の両側に大きな建物はないが、小ぎれいな街であった。北洋《ほくよう》銀行、渡島信用金庫、八雲書房などという看板が、気紛《きまぐ》れな旅人にそこはかとない旅情を感じさせる。

雪こそ舞っていないが、寒々とした夜であった。ホテルのおばさんが言っていたように、そろそろシャッターを下ろす店もある。浅見は暖かそうな匂いにつられて〔焼き肉富士《ふじ》〕という店に飛び込んだ。

店は、閑散とした通りとは対照的に、賑《にぎ》やかにお客が入っていた。家族連れもいるし、若いカップルもいる。空いたテーブルはなくて、店の女のコに「相席でもいいですか？」と言われ、焼き肉用のコンロが二つ載った大きなテーブルの、一方の端に坐《すわ》らせてもらった。そのテーブルにはサラリーマンふうの三人連れがいて、アルコールも入り、すでに宴なかば——といったところだ。

浅見はロースとカルビとご飯を注文した。「上ですか、並ですか？」と訊かれ、神妙に「並でいいです」と答え、その代わりにビールの小びんを頼んだ。

三人連れの男の一人が浅見を余所者《よそもの》と見たのか、人なつこい笑顔で「おたくさん、どこからですか？」と訊いた。

「東京です」

「へえー、いま時分、東京から観光で来たのですか？」

「いえ、仕事です。旅行や観光のガイドブックの取材をして歩いているのです」

「ふーん、それだったら、ぜひ八雲のことを宣伝して書いてもらいたいですなあ。といっても、こんな所では記事にはならねえですか？」

「いや、そんなことはありません。僕はついさっき着いたばかりで何も知りませんが、きっといい所があるはずです。たとえば八雲という地名の由来からして、何か由緒があるのではないでしょうか」

「ああ、それはあります」

男が大きく頷《うなず》いたとき、浅見の頼んだものが運ばれてきた。焼けた鉄網の上に肉を載せると、たちまちいい匂いが鼻を襲った。

「八雲という地名は、『古事記』の『八雲立つ　出雲八重垣《いづもやへがき》　妻籠《つまごみ》に　八重垣作るその八重垣を』の歌から取ったのですよ」

浅見の「作業」がひと区切りつくのを待って、男は歌の部分に少し節をつけたような口調で解説した。

「明治十一年ごろ、旧尾張《おわり》藩主の徳川慶勝《とくがわよしかつ》がこの地に藩士を移住させたさい、『古事記』にちなんで『八雲』の名をつけたのです」

「ほう、ずいぶん詳しいですねえ」

浅見が感心すると、男の仲間がニヤニヤ笑いながら、「そりゃそうだ、役場の観光課だもんな」と手の内をばらした。

「あ、そうだったのですか」

浅見はあらためて名刺を出して、自己紹介をした。肩書のない名刺だが、相手はフリーのルポライターという職業に、かえって憧憬《しょうけい》のようなものを抱いたらしい。心なしかそれまでよりも畏《かしこ》まって、「商工観光労政課　係長　鳴海和城《なるみかずしろ》」と印刷された名刺を出した。

「もしよければ、明日、私の車でこの辺りを案内しましょうか。いや、ぜひそうさせてもらいたいですな」

思いがけない幸運というべきだった。浅見も喜んで鳴海の申し出を受けた。

「八雲は目立たない町ですが、これでけっこう自然には恵まれたところでしてね。町を流れる遊楽部《ゆうらっぷ》川というのは、日本第二の清流と折り紙をつけられた川で、サケがたくさん遡上《そじょう》するし、それに温泉も湧いています」

鳴海はしきりにわが故郷を売り込もうと、熱弁を揮《ふる》う。

「平和でいい町のようですね」

浅見は一応、お世辞を言っておいてから、「ところで、この近くで何か事件があったと聞いたのですが」と、ヤマをかけてみた。

「ああ、あれですか」

鳴海は眉間《みけん》に皺《しわ》を寄せた。

「この町とは関係ないですが、遊楽部川の沖の海に死体が浮かんだのですよ」

「それは殺人事件ですか？」

「いや、自殺です。函館の土現《どげん》所長が、汚職の取調べに耐えきれなくなって自殺したのではないかという話でした」

「ドゲン――所長と言われましたか、それは何なのですか？」

「土現は土木現業所のことですが……東京のほうではそう言いませんか？」

「あ、いえ、僕はあまり役所のことには詳しくないのです。そうですか、そういう事件があったのですか。そうすると、この辺りの海岸は自殺のできるような断崖《だんがい》なんかがあるのでしょうか？」

「とんでもない。ここは砂浜がある静かな海で、飛び込むことができるのは漁港の岸壁か遊楽部川の橋の上ぐらいなものです。警察の調べでは、その人もたぶん、橋の上から飛び込んで、海まで流されたのではないかということのようでした。それにしても、なんだってわざわざ八雲に来て死ななければなんねえのか……」

商工観光労政課係長としては、町のイメージダウンに繋《つな》がるような事件を起こしてくれた自殺者が恨めしいらしい。

「それはいつごろの話ですか？」

「つい一ヵ月ばかり前のことですよ。えーと、あれはいつだったかな」

鳴海は隣りの仲間に確かめた。「事件」があったのは九月の初旬だったそうだ。

「新聞にもでかでかと出て、しばらく騒がしかったけど、いまはもう忘れられつつあるところです」

その薄れかけた記憶を呼び戻されて、いくぶん迷惑だったかもしれない。

「東京の新聞には出なかったですか？」

鳴海は訊《き》いた。

「ええ、まったく記憶がありませんね。汚職事件で自殺者が出たのなら、ニュースになってもよさそうなものですが」

「まあ、あまりみっともいい話でないので、伏せたのではないでしょうか」

「伏せた？　新聞社がですか？」

「新聞社か、それとも道《どう》か開発局あたりか、ですな」

「なるほど……」

道庁か開発局が報道管制を布《し》くというのはありえないことではない――と浅見は思った。徳永老人が言っていた「コップの中の嵐」という言葉が思い浮かんだ。

それと同時に「九月初旬」という事件の発生時期が気にかかる。九月の初めに死体が発見され、事件が発生したのだとすると、実際に土木現業所長が「自殺」したのは八月末だった可能性がある。もしかすると、戸田が白井を追って北海道に来た八月三十日との関連があるのではないか――。

盗聴録音された「やくもですか？……大丈夫かな？……」という白井の言葉の意味が、ふいに形を成してきたような感じだ。

「それじゃ、明日、役場で待ってます」と鳴海たちが先に帰り、浅見も少し遅れて店を出た。ホテルのおばさんが言ったとおり、街はポンポンとある街灯を除くと、すっかり暗黒と化していた。人通りなどまったくない。遊楽部川に架かる橋がどういう状況なのかは知らないが、夜間なら、死体遺棄の現場も目撃されずにすむかもしれない。

翌朝、ホテルを出て何気なく海の方角へ向かう道の先を見ると、警察署の表示が出ていた。こんな小さな町に——と思ったが、逆に八雲は想像しているより大きな町なのだろうかとも思う。

おそらく人員は五十人程度の、小ぢんまりした警察だ。観光シーズンも終わったし、たいした事件もないらしく、署内にはのんびりしたムードが漂っている。

浅見は手近にいた若い巡査に声をかけて、名刺を出し「ルポライター」と名乗って、九月の「自殺事件」について訊いてみた。

「死因は何だったのですか？」

「溺死《できし》ですよ」

巡査はぶっきらぼうに答えた。

「やはり自殺で？」

「ああ、そうでした」

「遺書なんかはあったのですか？」

「いや、なかったんでねえかな……でも、状況がすね、そういう状況だったすから」

そういう状況とはどういう状況なのかを訊きたかったが、浅見は単刀直入に「他殺の可能性についていては調べたのでしょうね？」とぶつけてみた。

「他殺？……」

巡査ははじめて警戒の色を見せた。めったなことは言えない——という顔である。

「そりゃ、警察は一応、そういうことも調べますよ。そのうえで自殺と断定したのです」

「断定の根拠は、死因が溺死だったという点ですか?」

「ん? ああ、まあそうでしょうな」

「しかし、自殺でなくても、溺死に見せかけることは可能ではないでしょうか?」

「それはそうだが……」

巡査は手に負えない——というように首を振って、「そういう話だったら、自分ではなく、上の人に言ってくれませんか」と、奥のデスクを指差して背中を向けた。

巡査が話しているあいだ、そのデスクからは、警部補がこっちをチラチラ見ていた。

浅見は警部補に近づいて自己紹介をし、巡査にしたのと同じ質問を繰り返した。

「他殺ということはないです」

警部補は断固として言った。

「道警の捜査でそういう結論を出したのでありますから」

「しかし、遺書もなかったそうですが、そうすると、溺死という以外にも、何か自殺を証明するものがあったのでしょうか?」

「遺書のない自殺はあんた、珍しくないのですよ。この人の場合は、かなり精神的に参っていたし、状況がですな、自殺と考えられるものであったわけです」

「たしか汚職の捜査を受けていたのだそうですね」

「そうでした」

「もしその人が、汚職事件の鍵《かぎ》を握っていたとすると、事件の波紋が上層部や業者に及ばないようにしたい人物が、ほかにもいたとは考えられませんか」

「……」

「その人物——おそらく複数だと思いますが——自己保全のために函館土現所長を消したくなったとしても、不思議はありませんん」

「あんたねえ、そういう無責任な憶測で物を言ってもらっては困りますよ」

警部補は険しい目になった。

「警察としてはそういうことはいっさいないと断定しているのですからね、おかしなことは書かないようにしてくださいよ」

「ええ、もちろん書いたりはしませんが、真相を知りたいということは、仕事に関係なくありますから」

「真相は自殺。そういうことです。以上」

警部補はハエでも追い払うような手付きをした。

浅見は中途半端な気分で八雲警察署を出たが、事件に対する疑惑は急速に膨らんだ。

遺書もないというわりには、警察の「断定」は早すぎたような気がしてならない。

4

役場までは歩くにはかなりの距離だった。町の大通りを外れ近くまで行き、そこから西へ踏切を渡ったところに新しい庁舎が建っていた。付近には公民館、簡易裁判所、検察庁、図書館など公共施設が集まった、いわば官庁街といったところだ。街の佇《たたず》まいから察すると、線路の海側が早くから開け、反対側は最近になって市街地化が進んだものらしい。

役場の玄関ロビーに熊の彫り物の大きいのが飾ってあって、「木彫りの熊発祥の地」と札が下がっていた。解説を読むと、昨日、鳴海商工観光労政課係長が言っていた徳川慶勝がヨーロッパ視察旅行の途次、北欧で見てきた熊の彫り物を参考にして、元尾張藩士である八雲の住民にその技術を教えたのが、現在、北海道全域で作られる木彫り熊の嚆矢《こうし》だという。浅見はてっきりアイヌの伝統工芸品だとばかり思っていたから、これは新知識であった。

商工観光課は二階にある。鳴海係長はいつでも出られる態勢で待っていた。

「お電話してからと思ったのですが」と浅見が言うと、「なに、いまの時季はいつもひまですから」と身軽に腰を上げた。

「それに、町の観光振興のためになることはすべて仕事なのです」

これは遊びや暇つぶしではない――と、周囲を意識したような声のトーンだ。

鳴海のマイカーに乗ると、「まず遊楽部川から見てもらいましょうか」と宣言して走りだした。ほんの二、三分で川岸に出た。川幅と川原の広い清流で、すぐそこが河口だとは思えない。

「この橋の上から、サケの遡上《そじょう》が見られるのです」

橋の真ん中に車を停め、浅見にも外に出るように勧めて、そう言った。

近くに人工孵化《ふか》用のサケを捕獲する場所があり、白い倉庫のような作業用の建物もあった。下流には鉄道の鉄橋のほかに二本の橋が架かっているのが望める。その向こうには広々と青い海があった。風は冷たいがじつにいい気分だ。こうしていると、探偵みたいな真似がいじましく思えてくる。かといって、ここに来たのも、ひとえに探偵ごっこのせいなのだから、いちがいに否定的なことばかりとは言えない。

「ここから死体を落とすと、海まで流れていくでしょうか？」

浅見の言い方が唐突だったので、鳴海は「えっ？」と驚いた。

「あ、いや、ここから飛込み自殺をしたと仮定して――ですが」

「ああ、昨日の自殺の話ですか。そうですなあ……ここは浅瀬が多いから、よほど増水でもしていないかぎり、無理じゃないですかねえ。もしそうするなら、いちばん下流のバイパスが通っている橋が適当かと……いや、あくまでもそういうことがあったとすれば、の話ですよ」

早速、バイパスの橋まで行ってもらった。なるほど、ここまで下ると、もう海は間近に迫っている。流れは淀《よど》んで、満潮時には海水が押し上げてきそうな様相ではある。しかし、水深はそれほどでもなく、具合よく流れに乗らないと、砂地の岸に漂着してしまいそうにも見える。

「たしかに、なんでこんな静かな海で自殺しなければならなかったのですかねえ。町としては迷惑でもあるけれど、それより何より不思議ですなあ」

鳴海はあらためてそのことに気づいたらしい。

「本人には死ぬ気がなかったのかもしれませんね」

浅見はジョークのように言ったので、鳴海は「ははは」と笑ったが、すぐに「死ぬ気がないのに死んだ――ですか」と、怪訝《けげん》そうな顔をした。

浅見はそれには応《こた》えずに「行きましょう」と促して、車に戻った。

そのあと鳴海は町の産業の見所や観光名所を次々に巡った。

八雲町は北海道有数の酪農が盛んな土地で、乳牛を中心に一万数千頭を飼育しているそうだ。その牧場の丘の上に、望楼のような灯台のような建物がある。畜産資料展示施設というのだそうだが、そこに登って見下ろした風景がみごとだった。内浦湾《うちうら》を取り囲むゆるやかな円形の海岸線が遠くまで望める。たしかに断崖《だんがい》らしきものはなく、この海で飛込み自殺を敢行するのは、むしろ勇気がいることのように思えた。

ここの風景を激賞したせいか、鳴海係長は張り切って名所案内に専心した。花の名所の公園がいくつ、町が経営する温泉が二つ……といった調子で、広い田園地帯を走り回る。街に帰り着いたときは十二時をかなり過ぎていた。

「昼飯は何がいいですか」と訊《き》かれたので、浅見はなんとかのひとつ覚えのように「ラーメン」と答えた。

「日本じゅうどこへ行っても、ラーメンかカレーを食べているぶんには、腹も懐もたいして痛まないのです」

「なるほど……」

鳴海も浅見説に感心して、駅の近くでカニ入りのラーメンを食べた。満腹感に満足して外に出ると、昼間の街はいかにも北海道らしく天が大きく開けて、どこまでも明るく健康的だ。小さい店ばかりだが、清潔そうで活気がある。

「どうですか、いい町でしょう」

鳴海は確信犯のように、肩をそびやかして言った。

「ええ、いい町です」

浅見も正直な感想を述べた。

「どの風景を見ても、開拓時代以来、町も住民も、みんながずっと一生懸命にやってきたという印象を受けました。やはり、質実剛健が家訓だった尾張徳川家の伝統的なものがあるのでしょうね」

「それです」と鳴海は、わが意を得たり——とばかりに頷《うなず》いた。

「子供のころは、学校やおとなたちにそう言われても、百年以上も昔のことだから、関係ないと思っていたのですが、役場に勤めるようになってから、とくに最近になって、この町のそういう、伝統的なよさが分かってきた気がします」

嬉《うれ》しそうに言う。

「ほんとにそうですね」

開拓時代の北海道は、まさにアイヌの土地への侵略であり権益の収奪そのものだっただろう。とはいえ、それはそれとして、内地から来た人々には進取の気象と開拓精神が横溢《おういつ》していたにちがいない。脇目も振らずに凍った大地に挑み、冷たい海に立ち向かったひたむきな日々が、おそらくごく最近まではあったのだ。

その素朴な道民生活のべつのところで、手を汚すこともなく、汗することもなく、利益ばかりを追求する輩《やから》が跋扈《ばっこ》する。まさにそれは、新しい形での北海道に対する収奪行為にひとしい。それに較べて、八雲町の清潔な雰囲気は清々《すがすが》しいものがある。しかし、その八雲町で、もしかすると何か忌まわしい事件が起きているのかもしれないと思い、その天国と地獄のような落差を暴き出そうとしている自分の行為に、浅見はいささか罪悪感を抱かないわけにはいかなかった。

鳴海には図書館まで送ってもらって、そこで別れた。

人口が二万人に満たない町にしては、検察庁があったり、こんな立派な図書館があったりするのも、やはり徳川家が力を入れた当時からの、有形無形の伝統や文化的意識のようなものがはたらいているのだろう。おそらく八雲はこの地方——渡島半島東岸一帯の中核的な役割を果たしてきたにちがいない。

浅見は係の女性に頼んで新聞の綴《と》じ込みを八月分まで遡《さかのぼ》って出してもらい、閲覧室に入った。「自殺」事件の記事は九月三日の新聞に出ていた。

函館土現所長遺体で発見

八雲海岸沖で／自殺か？

二日午前九時半ごろ、山越《やまこし》郡八雲町の海岸沖二百メートル付近に男の人の死体が漂流しているのを、八雲漁港所属の漁船が発見、八雲署に届けた。八雲署で調べたところ、その男の人は持っていた免許証等から、函館市柏木《かしわぎ》町に住む函館土木現業所所長の大山高男《おおやまたかお》さん（53）と分かった。大山さんは道水産部の資材納入等に絡む汚職事件で、道警から参考人として事情聴取を受けた後の八月二十九日、自宅を出たまま行方不明になり、家族が捜索願を出していた。

調べによると、大山さんの死因は水死であり、死後二〜三日程度を経過しているとみられる。

大山さんは、函館土現の事業発注をめぐる贈収賄事件の鍵《かぎ》を握る人物と目され、マスコミの取材攻勢に加え、数日前から警察と検察に事情聴取されるなど、精神的にかなり参っていたといわれる。二十九日にも検察の事情聴取が予定されていたが、同日朝、自宅を出た後、函館地方検察庁に出頭せず、そのまま行方不明になっていたものである。

警察では、大山さんは事情聴取と道庁の指示との板挟みに遭ったあげく、心労のあまり自殺したものと考えているもようだ。

驚いたことに、この「自殺」事件の記事はこれだけで、翌日からは直接この事件の捜査については報じていない。ただ、関連として、函館土現に大山所長の後任として、就任した河合《かわい》という新所長の紹介など、事件の後始末や、ゴタゴタといったことばかりが記事に書かれていた。

新任の河合所長が二百人の職員相手に垂れた訓示の一部が紹介されている。

「今回の不幸な事態にめげず、仕事を頑張ってほしい。事業の執行で道民から批判を受けている点について、どのように改善すればよいのか、職員も知恵を出してもらいたい」

型どおりとはいえ、上のほうの不祥事の尻拭《しりぬぐ》いを、一般職員の知恵に委《ゆだ》ねるのは、委ねられたほうも迷惑だったろう。もっとも、そういう一般職員がいずれは汚職の当事者に「成長」してゆくことを思えば、不祥事が起きたときの対処の仕方を、いまから訓練しておくのも悪くないのかもしれない。

浅見は新聞記事を逆に辿《たど》って、汚職問題の発端に近いところの記事を探した。

関連記事はちょうど一ヵ月前の八月三日の紙面にあった。「函館土現部長収賄容疑事件／道庁など家宅捜索」という見出しで、道水産部の漁港整備事業の資材納入に絡む汚職事件で、道警捜査二課と札幌中央署が、元漁港課長で函館土木現業所技術部長の原野洋二《はらのようじ》（51）を、収賄容疑で逮捕したというものだ。

その後、数日おきに新聞に登場する記事を読むかぎり、原野の逮捕は捜査のとっかかりのようなものであるらしい。

原野の直接の容疑は、原野が道庁の漁港課長だった当時、業者から金品や接待を受けた収賄行為に対するものだが、検察の狙いは上層部や政治家への波及にある。その第二のステップが大山土現所長だった。記事の中には「大山」の活字が何度も出てくる。大山に対する追及がかなりきびしいものであったことが想像できる。

写真を見ると、大山は傲慢《ごうまん》そうな風貌《ふうぼう》をしているが、こういう人物にかぎって、ひとたび自分以上の権力の前に出ると、青菜に塩のように意気地がなくなってしまう。本人としては懸命に耐えて、口を割らないつもりだろうけれど、それにも限界がある。検察の調べは容赦のないものだ。拷問すれすれの訊問《じんもん》がつづき、「落ちる」のは時間の問題だったと考えられる。

記事の中から注目すべき内容をピックアップすると次のようなものがある。

八月十三日付

構造癒着浮き彫り／所長が『圧力』黙認／幹部らは接待ゴルフ

道水産部の資材納入に絡む汚職事件で送検された函館土現部長の原野洋二容疑者(51)が、前道議会議長福井隆《ふくいたかし》氏(保守・釧路管内)の後援活動への参加を業者に働きかけていたことが明らかになったが、当時の釧路土現所長ら幹部がこの事実を知りながら黙認し、幹部も業者の接待によるゴルフや飲食を繰り返していたことが、十二日、複数の関係者の証言で分かった。

九月一日付夕刊

憶測呼ぶ、所長失そう

道水産部を舞台とした汚職事件は、函館土現の事業発注に絡む贈収賄事件に発展し、道の事業発注の在り方まで揺るがす事態となった。同土現では受注業者の事前「割り付け」が慣行として続けられ、福井隆議員の関与も明らかになるなど、「ゼネコン汚職」と同じ癒着構図が浮き彫りになった。こうしたなか、事件の参考人として事情聴取され、その後行方不明になった函館土現所長が、休暇明けの九月一日になっても姿を見せず、波紋を広げている。

この記事は夕刊向けに読み物ふうに仕立ててあり、この前文の後に「ミステリー」とタイトルを冠した本文がつづく。

それによると、大山土現所長が行方不明になった翌日の八月三十日には、家族から三日間の「休暇願」が出されている。しかし、その休暇願は大山本人からのものではなく、家族が電話で連絡したものだという。それも、新聞社の調べによれば、家族に対して役所からそういう形式にするようにとの指示があったことが分かった。

もうひとつ、浅見が注目したのは、記事の前の部分に出てきた「割り付け」の文字である。徳永に聞いてはじめて知った業者用語で、入札前に、あらかじめ発注先を決めておき、単なるセレモニーとして入札を行なうというものだ。徳永から預かった資料によると、割り付けは北海道開発局の慣行となっていて、右へならえで、それが北海道のほとんどの公共事業に通用しているといわれる。

大山所長はその「割り付け」の実態について、もっとも詳しく把握している人物だったと見られ、さらに、割り付けがどういう構図のもとに行なわれるか、政治的な圧力との関係はどうなっているのかなどについても、上下左右の繋《つな》がりをすべて掌握していると考えられる。

それだけに、大山の「自殺」は捜査当局としては痛恨事だったことは確かだ。

おまけに、世論は検察の暴走を詰《なじ》り、むしろ容疑者に同情的な空気さえ生まれてくる。犯罪を糾弾するという立場からすれば、不本意そのもので、捜査の矛先も鈍りがちだが、逆にいえば、バックにいる大物や政治家にとっては、願ってもない結末だったろう。まるで、大山の死によってすべての罪業が閻魔《えんま》大王《だいおう》のブラックリストから消されでもするかのように、捜査は下火になった。

以上がこれまでのこの「事件」の概略といってよかった。

新聞の束をテーブルの上に置いて、浅見は大きく吐息をついた。図書館に入ってから二時間は経過している。さすがに疲労感が襲ってきた。

ともあれ八雲町での「事件」のあらましは把握できた。問題はそれと白井信吾や戸田亘とがどう関係しているか——である。とりわけ戸田の行方が心配だ。八月三十一日に白井と戸田は八雲町に来たのだろうか。来たとすると、そこで何があったのか？それからどうなったのか？　土現所長の死と関係があるのだろうか？

図書館を出て、浅見は駅へ向かった。駅に着くと、振り返って街並みを眺めた。白井や戸田がこの道を歩いていったのかもしれないと思うと、通り過ぎてきた町のあちこちの風景が、貴重な記憶としてあらためて頭に刻み込まれる。

もしかすると、改札係や駅前タクシーの運転手が、白井か戸田のことを憶《おぼ》えているかもしれない。あるいは、どこかの店に立ち寄っているかもしれない。そういったことを確かめるには写真も必要だし、警察なら切符の指紋をチェックすることも可能だろう。いずれにしても、徒手空拳《としゆくうけん》ではどうにもならない。もういちど出直すか、それとも——。

浅見は結局、白井信吾に直接ぶつかって、反応を見るのが唯一最善の道だという結論に達した。越川春恵の希望がある以上、彼女やポロ・エンタープライズの名前を伏せるとしても、白井を突破口にしないことには、状況は進展しないし、なによりも戸田の安否が気遣われる。

5

札幌には六時四十分ごろに着いた。もういないかな——と思ったが、一応、ポロ・エンタープライズに電話を入れてみた。春恵はまだそこにいた。

「どうでした、函館？」

浅見からの連絡を待ち焦がれていた様子で、急《せ》き込んだ口調で訊《き》いた。

「いろいろ収穫がありました。といっても、戸田さんの行方が分かったわけではないのですが……どこかでお会いできますか？」

「ええ、もちろん。そのために一人で事務所にいたんですもの。じゃあ、またターフェルで、七時半に」

空腹を抱えた浅見としては、〔ターフェル〕よりも、どこかのレストランで食事をしたい心境だったが、それを言う間もなく、春恵は電話を切った。

約束の時間どおりに〔ターフェル〕へ行くとすでに春恵が来ていて、立ち上がって浅見を手招いた。声を上げはしなかったが、派手で目立つアクションだ。この店は静かにクラシック音楽に耳を傾けるのがいいのであって、本来は会話を交わすのには相応《ふさわ》しくない。しかし、春恵は案外、そういうところに頓着しない性格をしているらしい。

かなり複雑な話なので、声を抑えながら話すのに苦労した。合の手を入れる春恵の声が甲高《かんだか》いのに閉口した。

白井が八月三十一日に函館の宮下企画へ行っていなかったこと、帰りの列車で八雲町を発見したこと――とりわけ盗聴録音された白井の言葉「やくも」が、じつは「八雲」ではないか――という浅見の推理に、春恵は「ふーん、そうだったんですかァ」と感心している。

「いや、これはあくまでも仮定の話です」

「あら、そうかしら、私は浅見さんのおっしゃるとおりだと思うな。白井さんが麻薬みたいなものに手を出しているなんて、考えられませんもの。『やくも』は『八雲』ですよ、きっと」

「しかし、それを証明するものは何もありません。ただ、妙な事件がありましてね」

浅見は八雲町での「取材」の経過を話した。戸田が失踪《しっそう》した前後に、函館土木現業所の所長が八雲沖の海で「自殺」した事実は、春恵を脅えさせた。

「そのニュースなら知ってます。失踪していた所長が死体で発見されたっていうの、そういえば新聞で見た記憶があります。函館かどこかの話で、あまり関心はなかったけど、あれが八雲町だったんですか……それ、まさか殺されたんじゃないでしょうね」

このときばかりは声をひそめて言った。

「僕はその可能性が強いと思っています」

「じゃあ、白井さんが？……」

「ははは、それは分かりませんよ」

「笑いごとじゃないわ。白井さんが八雲へ行ったのと同じ時期ですもの、関係があるかもしれないじゃないですか」

「もちろんです。それで、関係があるかどうかを調べるために……というより、戸田さんとの関わりを調べるためには、白井氏に直接アタックするほかはないと思うのです」

「ああ、前にも言ったように、それをされると、困るんですよ」

「ええ、越川さんの事情はよく分かっています。会うときは越川さんに関係ない形で会います」

「でも、どうやって？」

「たとえば、パークサイドホテルで偶然を装って会うこともできるし……そうそう、たしかご主人とよく行くクラブかスナックがあるっておっしゃってましたね。そこで会ってもいいでしょう。そのほうが逃げられなくてすむかもしれません」

「だけど、白井さんがまだ札幌にいるかどうか、分かりませんよ」

「ちょっと訊いてみましょう」

浅見はパークサイドホテルに電話して、白井がチェックアウトしたかどうか確かめた。「はい、本日のお昼前にご出発になりました」という答えだった。

「東京へ帰ったみたいですね」

浅見が落胆して報告すると、春恵も「そうですか」と浮かぬ顔になった。

「しかし、東京のほうが会うチャンスも口実も多いですよ」

浅見は春恵を元気づけるように言った。

「それはそうだけど……でも、そうやっているうちに、戸田さんが……」

戸田が失踪してから、すでに一ヵ月半以上が過ぎている。生死不明——というより、生きている可能性はほとんどないと思うべき状況であった。それでも春恵にしてみれば、たとえ一縷《いちる》の望みではあっても、戸田の死を認めたくないのだろう。

「浅見さんも、そろそろ東京へ帰らないといけないのでしょうね」

春恵は、彼女にしては珍しく、おずおずと言った。

「ルポライターなんていうお忙しいひとを、いつまでもこんなことのためにお引き止めしておくわけにもいかないし……」

「いや、僕のことなら心配しないでください。『旅と歴史』の取材も兼ねて来ているのですから。それに、越川さんにも莫大《ばくだい》な費用をいただいているじゃないですか」

「莫大だなんて……でも、浅見さんに来ていただいただけでも、もういろんなことが分かってきて、ほんとによかったと思っているんです」

「たしかに分かってきはしましたが、かえってますます複雑で不安な様相を呈してきたことも事実です」

「ええ、それはそうなんですけど……」

口とは裏腹に、春恵は浅見をこのまま東京へ帰したくない気持ちであることは、彼女の様子から明らかであった。

「白井さんの代わりに、というと変かもしれませんが、いちど、越川さんのご主人にお会いしてみましょうか」

「えっ、主人にですか？　でも、どういうふうに紹介したらいいのかしら？」

「そうですねえ……白井さんの場合のように、偶然ばったり——という感じだといいのですが」

どう考えたって、そんな状況が生まれる可能性はない。どんなに偶然を装ったところで、作為を見破られそうだ。

「そうだわ、やっぱりユリアンヌがいいかもしれない。さっきおっしゃったクラブ。そこならさりげなく知り合えるでしょう？」

「はあ、しかし毎日必ずいらっしゃるわけではないでしょう」

「ううん、そうじゃなくて、私がうまく誘って連れていきます。今夜は無理だけど、明日の晩なら、なんとか大丈夫だと思うわ。それに、ひょっとすると、そこのママは白井さんのこれじゃないかって……」

春恵は小指を立ててみせた。

「それとね、今度うちに入った女性は、そのママの紹介なんです。だから、ちょっと貸しがあるわけだし……でも、それだと浅見さんはあと二泊することになりますけど」

「いや、それはかまいません。どこか安いビジネスホテルに泊まりますから。それより、僕としてもこのまま戸田さんの消息も摑《つか》まないで帰るわけにはいきません」

「すみません、なんてお礼を言ったらいいのか……」

春恵は丁寧に頭を下げ、トンボ眼鏡の奥から、少し潤んだような眸《ひとみ》を浅見に向けた。

浅見はドキリとした。知性と行動力だけの女性かと思っていた越川春恵に、人妻らしい艶《つや》っぽさを感じた。

「お食事まだなんでしょう？　どこかで美味《おい》しいものをご馳走《ちそう》します」

「いや、僕はもうすませてきましたから。それに、早くホテルを探して、風呂に入りたい心境なのです」

「そうですか……じゃあ、あのホテルがいいかな。お送りしましょう」

「いいですよ、適当に探します」

「遠慮なさらないで。どうせ帰り道なんですから」

遠慮でなく、どこかで安い食事をしたいのが本音なのだが、浅見は仕方なく春恵の車に乗せてもらうことにした。

そう遠くないところに「桑園《そうえん》シティホテル」というのがあった。ビジネスホテルとしては上等のほうらしい。降り際に春恵は「私も泊まっていきたいな」と、際どいことを言って、また浅見をドキリとさせた。からかっているのか本気なのか、どうも年上の女性の気持ちは分からない。

「越川さんもお疲れの様子ですね」

浅見はわざととんちんかんなことを言って、「おやすみなさい」と手を振った。

桑園シティホテルは北大植物園のすぐ近くにあった。「桑園」はJRの駅名にもなっている。この付近の地区の呼び名だ。酒田《さかた》藩士が住み着いて桑畑をつくったところで、明治の終わりごろからは家が建ちはじめ、北海道大学の教官が多く住むようになり、桑園の大学村と呼ばれた。いまは小さなビルや住宅が混在する街で、札幌市街の中心からそう外れてはいない。窓の外のネオンに誘われるように、浅見は外へ出た。

すでに九時になろうとしているが、札幌の街は八雲と違ってまだ宵の口だ。ホテルの食事でもいいのだが、浅見は前々から「ウニ・イクラ丼」にトライしてみたい欲求がある。どんどん南へ歩いて、結局、大通りを越した辺りでようやく和風レストランを発見した。やはり観光客相手のような、ちょっと凝った造りの店だ。地元の人間はウニだのイクラだのは、あまりありがたがって食べないものなのかもしれない。

しかし、ウニ・イクラ丼は期待どおりに旨《うま》かった。東京でも売れそうな気がするが、この種のものはやはり北海道で食べるところに意義があるのだろう。

そこから遠くないところに「裏参道」の黄色い壁のコーヒー屋がある。ひょっとすると——という気持ちで寄ってみたが、店はガランとして、徳永老人の姿もなかった。

「あの先生なら、昼間は来てましたけどね」と、マスターが浅見を憶《おぼ》えていて、言った。

「一昨日《おととい》、あれから徳永さんのお宅に行きました」

浅見が言うと、マスターは「へえーっ」と驚いて、まじまじと浅見の顔を見つめた。

「それは珍しい。あの先生が他人を自分の家に入れるなんてことがあるのかねえ。以前、店を早く閉めたとき、手稲の自宅まで帰るついでに、車で送っていったことがあるけど、ずいぶん手前で降りて、お宅を見せるのもいやがっていたみたいでしたけどねえ」

マスターの話だと、かなり狷介《けんかい》固陋《ころう》な人柄を想像させる。

「徳永さんはどういう経歴の人物なのですか？」

「いや、そんな具合だから、ほんとのことを言うと、私も詳しいことは知らないですがね、たぶん北大の先生か何かでなかったんですかねえ。二十年ばかし前にこの店ができたとき以来、何が気に入ったのか、ずーっと来てくれてますが」

「マスターの話では、札幌のことなら何でも知っているとか」

「それは事実です。観光客なんかが来て、札幌の歴史に関することを訊《き》かれて、こっちがちょっと知ったかぶりを言うのを傍で聞くと、怒鳴りつけるみたいにして訂正させられます。客のほうがびっくりして、そうそうに店から逃げ出しちゃうんで、いささか営業妨害ではありますがね」

マスターは笑って、

「しかし、いろんなことを話してくれるんで、勉強になります。私もね、興味があるから素性を訊いてみたんだけど、ただのじじいだ、余計なことを訊くなって叱られました。ただいちど、あの先生を捜しているっていう人が、うちに来たことがあって、そのときにチラッと、かつてのM財閥の一族みたいなことを言ってましたが」

あの屋敷を見た感じでは、その話には信憑性《しんぴょうせい》がある。

「かなりのお歳のようですが、いくつぐらいでしょうか？」

「ご本人は言いませんから、これも推測ですが、たぶん九十歳は超えているんじゃありませんかね」

「九十歳？……僕は七十代かと思ってましたけど」

「七十？……ははは、七十歳なら私と十しか違わないじゃないですか。たしかに若く見えるけど、いくらなんでも七十代ってことはない。それに、昔の話をするときに、歴史上の人物のような人との交流の話が、チョコッと出たりすることがありましてね。ご本人はすぐに気づいて、ごまかそうとするのだが、そういう点からいっても、八十代なかば以下ってことはないですね」

「息子さんが東京にいらっしゃるとかおっしゃってましたが」

「ふーん、そうですか、それは初耳です。そういったプライバシーについては、ひと言も喋《しゃべ》ったことがないのですよ。そりゃ、あなたは見込まれたのかもしれませんなあ」

マスターは羨望《せんぼう》とも同情とも取れる、複雑な目をしている。「見込まれた」とは、ヘビに見込まれたカエルを連想させた。

第四章　死んでゆく事実

1

札幌の街を走る市電は一路線だが、二つの終点駅が、大通りと南北に交差するメインストリート上の、およそ三百メートルしか離れていないところにあり、そこから、それぞれ真西へ向かって線路が延びているので、知らない人間にはまるで二つの路線があるような錯覚を与える。

地下鉄大通駅のすぐ南、西4丁目駅から出た電車は西15丁目駅で直角に南進し、南21条にある電車事業所前駅《でんしゃじぎょうしょまえ》から東進、西7丁目まで行って北へ向かい、南4条の創成小学校前駅《そうせいしょうがっこうまええき》から東へ向かって、次のすすきの駅が終点になる。電車はその線路上をピストン運行しているわけだ。

すすきの駅から二つ目が東本願寺前駅《ひがしほんがんじまえ》。駅名どおり、ここには真宗《しんしゅう》東本願寺派の別院として、明治の初めごろ創建された寺がある。

本願寺の南側、塀沿いの道を西へ行き、道路を一本越えると、〈ひかり公園〉という三百坪ばかりの小さな公園がある。

まだ明けきらない寒い朝の公園で、死体を発見したのは、自転車で新聞配達をしていた少年である。

少年ははじめ、その男がベンチで横になっているのを見て、酔っぱらいかと思った。そのまま放置していこうとしたが、この気温の低さだと、凍死しないまでも風邪を引くだろうと心配になって、配達のコースにある派出所の前を通るときに、巡査に声をかけておいた。

巡査はあまり急ぐこともなく、公園まで出かけた。ススキノに近い関係で、この辺りは酔っぱらいの常習者は珍しくない。過去に凍死者が出たこともあったが、この季節、まだそこまで冷え込んではいない。

だが、ベンチの男は、巡査が声をかけ、肩を揺すっても反応しなかった。

最初、巡査は新聞少年と同様、泥酔した男が寒気のために死亡したものと思い、本署にもそう報告している。一見した感じでは外傷もなく、着衣などに争ったような形跡もなかったのだ。若い巡査は死体の扱いには慣れていなかった。むしろ怖さが先に立つ。現場保存を重視して——と、上司に対してより自分に言い訳するようにして、現場から無線で本署に報告しただけで、死体には手をつけなかった。

間もなく駆けつけた医師が、死者の口の中に嚙《か》み砕いたカプセルがあるのを発見、毒物による中毒死の可能性があると判断した。一転して現場付近は大騒動になった。パトカーと鑑識車と報道関係の車両が、道路を埋め尽くすように殺到して、住民でさえ通行がままならなくなった。

ベンチの上の男は、まもなく死体運搬用の車両で運ばれていった。解剖の結果、死因はやはり青酸性毒物の服用によるもので、死後七、八時間を経過していた。死者の身元を示すような所持品は何もない。年齢は四、五十歳。痩《や》せ型の、いくぶんヤクザがかった風貌《ふうぼう》だが、ごくふつうの中年男——という印象である。

札幌中央署管内では、先週の土曜日に北大植物園で殺人事件が発生したばかりである。そっちのほうの被害者の身元は、いまだに判明していない。またまた厄介な事件を抱え込みそうな気配に、朝っぱらから召集された捜査員たちは、眠そうな顔をいちようにしかめていた。

この事件のニュースを、浅見はホテルのテレビで見た。

「けさ六時半ごろ、札幌市の東本願寺に近いひかり公園で、男の人が死んでいるのを、通りかかった新聞配達の少年が発見、警察に届けました。札幌中央警察署で調べたところ、この男の人はカプセル入りの毒物を飲んでおり、自殺したものと見られますが、なお不審な点もあり自殺、他殺の両面で捜査を開始しました。この男の人は痩せ型で、年齢は四、五十歳程度というだけで、身元は不明です。警察は付近一帯での聞込み捜査を始めましたが、現在までのところ、死亡推定時刻である昨夜十二時前後に、不審な人物を目撃したといった情報はない模様です」

発生間もない事件の第一報とあって、内容は簡単なものだが、浅見は北大植物園の事件のことを連想した。もしこのテレビを見ていれば、越川春恵もおそらく同じ気持ちでいるにちがいない。またおっとり刀で電話してくるかな――と思っていると、案の定、十時近くなってから電話のベルが鳴った。

「浅見さん、また殺人事件が起きたの、知ってます？」

「ええ、テレビで見ました。死因は違いますが、なんとなく北大植物園の事件と似ていますね」

「そうなんですよ。私もそう思って、また白井さんのことを考えたんですけど、白井さんは東京へ帰ったそうだし」

白井がパークサイドホテルをチェックアウトしたことは事実だが、だからといって東京へ帰ったかどうかは分からない。しかし、浅見はそのことは言わずにおいた。

「なんだか物騒だわねえ……」

公衆電話からかけているらしく、春恵は短くそれだけ言って、「じゃあ、今夜、ユリアンヌで。九時ごろに行きますのでよろしく」と、〔ユリアンヌ〕の場所を説明して電話を切った。

浅見はホテルを出て札幌中央署へ向かった。中央署は北海道庁のすぐ南のブロックにある。北海道警察本部は道庁と同じ敷地の中にあるから、中央署もいわば道警に隣接しているようなものだ。

中央署の前は報道の車や、一見してそれと分かる、新聞記者やカメラマンの男たちでごった返していた。夕刊の締切りまでにはまだ時間があるから、いまのうちにネタを漁《あさ》っておこうというのだろう。それにしても、自殺にしては人数が多いのが気になった。ためしにカメラマンの一人に声をかけて、「やっぱり、殺しみたいですね」と言ってみた。

「ああ、そうらしいね。十一時に次長の記者会見があるって言ってたよ」

そう答えてから、見かけないやつだな——という目になった。浅見は軽く会釈をしてその場を離れた。十一時前になると、記者連中はゾロゾロと署内に入る。その中に紛《まぎ》れ込んで、浅見も記者会見場に臨んだ。腕章はないが、ブルゾンの袖《そで》をたくし上げると、それらしく見えるし、人数が多く、係官もそれほどシビアにはチェックしないもののようだ。

刑事課長による記者会見ではまず、死亡推定時刻が昨夜の十二時から午前二時にかけてであること、死因は青酸性の毒物によるものであること、カプセルを嚙み砕いて液体状の毒物を飲んだと見られることが発表された。

「カプセルを嚙み砕くなんていうのは、まるで大韓《だいかん》航空機を爆破した犯人が自殺したのとそっくりじゃないですか」

記者の一人が思わず声を発した。

「まあ、そういう印象はあります」

刑事課長は事務的に答えた。

「まさかスパイじゃないでしょうね？」

記者が面白半分に質問したのに対して、課長は真面目くさって「そのようなことは考えておりません」と言い、

「なお、目撃者、遺留品等、手掛かりになるようなものはいぜんとして何もありませんが、その後の調べで、当該死亡者の頸部《けいぶ》と腕に擦過傷等のあることが分かり、死亡する直前に何者かと争った可能性があります。したがって、警察としては本事件を殺人事件と断定して、当警察署内に捜査本部を設置することになりました」

記者たちのあいだにざわめきが起きた。

「というと、毒入りカプセルは無理やり飲まされたと考えていいのですか？」

「それはまだ何とも判断できませんが、その可能性が強いかもしれません」

「犯行時刻や被害者の年齢、身元が分からない点など、北大植物園の事件と似たところがありますが、双方の事件に関連はあるのでしょうか？　たとえば同一犯人による

犯行であるとか」

「それも分かりません。死因等ははっきり異なりますしね」

「そういう可能性があるということならどうでしょうか？」

「まあ、可能性ということなら絶対にないとは言えませんのでね。ただし、それは警察発表とはしないでいただきたい」

そういうやり取りで終始して、警察側から市民に対して目撃情報を寄せてくれるようにという要望を付け足して会見はお開きになった。記者たちは引き揚げていったが、浅見は残って、刑事課を訪ねた。

さすがに札幌という人口百七十万の大都市の中央部を受け持つ警察だけに、刑事課もかなりの大部屋だが、刑事はあらかた出払って、空席が目立った。浅見は残留している刑事の中から四十代なかばと思える男を選んで近づいた。

「ちょっとお邪魔します」

背後から恐る恐る声をかけると、「おう」と眠そうな目で振り向いた。それほど怖い感じではなかったので、浅見はほっとした。

「何か？」

「じつは、フリーのルポライターをやっている者ですが」

浅見は名刺を出した。

「ふーん、東京から来たのですか。しかし、けさの事件だったら、たったいま記者会見があったばかりで、何も話すことはありませんよ」

「あ、それではなく、僕がお訊《き》きしたいのは原野氏の事件です」

「原野？……というと、土現の、あれですか？」

刑事は用心深い言い方をしている。「土現のあれ」で意味が通じるとしたら、かなりの消息通であることはたしかだ。

「そうです、土現の原野技術部長の件についてです」

「ふーん……」

刑事はあらためて浅見の名刺を見つめ、裏を引っ繰り返して、「いまごろねえ。どういうことです？」と言った。

「原野氏は、大山所長の事件の後、起訴されたのですか？」

「ああ、いや……」

刑事はどっちつかずの返事をしてから、チラッと課長のデスクに視線を飛ばした。デスクは空っぽだ。それを確認して、のっそりと立ち上がった。

「ちょっと出ますか」

顎《あご》をドアのほうにしゃくって言った。

刑事は浅見が後ろに従っているのを無視するような歩き方で、刑事課の部屋を出ると、階段を下り、そのまま玄関を出た。中央署とは道路を挟んで建つビルの地階にある喫茶店まで、ひと言も口をきかずに、べつに急ぐでもなく歩いた。

照明の暗い店で、お客はビルに入っている会社の社員ばかりといった感じだ。二人は隅のほうのテーブルに坐《すわ》り、コーヒーを注文した。

刑事は「井口《いぐち》です」と名乗り、「札幌中央警察署刑事課捜査二係　巡査部長」の肩書の入った名刺を出した。いわゆる部長刑事だが、「二係」は経済事犯担当を意味するのだろう。

「あの事件は、証拠不十分で、原野は不起訴処分になりましたよ」

ボソッと、面白くもないような口調で言った。

「それは、やはり大山所長の自殺によるものですか」

「まあ、そういうことでしょうなあ」

「その大山所長ですが、自殺で片づけたのは間違いなかったのですか？」

「ん？……」

井口は目を細めてルポライターを見て、怪訝《けげん》そうに訊いた。

「おたく、東京からその事件の取材で見えたのですか？」

「いえ、そういうわけではないのですが、ひょんなことから八雲町に寄って、大山氏の自殺事件というのを知り、函館土現絡みの汚職事件に興味を持ったのです」

「ふーん、珍しいですなあ……東京ではこんな事件、誰も見向きもしないと思ったが」

「東京ではほとんど報道されていません」

「でしょうなあ。しかし、そんなローカルな事件になんだってまた？」

「大山所長の事件に対して、あっさり自殺と断定してしまった警察の対応に疑問を感じたからです」

井口は「なに？」という顔をしてから、視線を外した。怒るかな——と思ったが、そうではなかった。

コーヒーがくると、砂糖とミルクをたっぷり入れ、旨《うま》そうに飲んでから、「どんなふうに疑問を感じたのです？」と、浅見の手の内を探るように訊いた。

「確認したわけではないので、はっきりしたことは言えませんが、僕の聞いたかぎりでは、警察は大山氏の死因が溺死《できし》であるというだけで、自殺と断定したように受け取れたのですが、違いますか？　それはたしかに、大山氏が警察の取調べを受けて悩んでいたことは認めますが、遺書もなかったようだし、それだけの状況証拠で、はやばやと自殺と断定するのは軽率だと思いますが、その点はどうなのですか？」

「いや、あの事件はわれわれの管轄じゃないですからな、詳しいことは知らんですよ」

井口はそっぽを向いたままで言った。

浅見は黙ってその横顔を見つめていた。しばらくそうしていると、井口はうるさそうに首を振って「あれはおかしい。おかしかったです」と言った。

「自分らは末端の捜査に携わっただけで、最終的には道警本部の捜査二課と検事さんの判断だから、何も言えないのだが、正直言って原野が不起訴になったときは、がっかりしましたよ。家宅捜索まで持ってゆくだけでも苦労しましたからね。それも、不起訴の理由というのが、大山所長が自殺したことによって、立件が困難になったというものだけに、その自殺への疑惑が残ったことは事実です。しかし、それはもう、過ぎてしまったことですがね」

と言って、浅見の顔に視線を向けて、

「おたくもいいところに目をつけたと言いたいですがね、そういうわけだから、もはやあの事件は終わったのです」

諦《あきら》めて帰れと言わんばかりだ。

「終わってはいないでしょう」

浅見は平板な調子で言った。

「終わるはずだったのに……いや、終わらせるべきだったのに、大山氏が死んだだけで、原野氏を不起訴にして、さっさと事件の幕を閉じてしまった。だから、終わるべき事件が終わりなくつづくことになったのではありませんか」

「ん？……」

井口部長刑事は（どういう意味だ？……）と問いかける目になった。

「登場人物が一人死んだからって幕を引いても、芝居がすべて終わったことにはならないはずです。舞台の上だけでなく、楽屋にも奈落にも悪役や黒衣《くろご》が大勢いたのに、捜査当局が幕を引いたことによって、その連中の出番をなくしてしまった。彼らはこれ幸いとばかりにアンダーグラウンドの舞台で芝居を演じつづけることになるでしょう。それが警察や検察の本意だとは思えませんが」

浅見の言った比喩《ひゆ》は、もちろん井口にもすぐに通じている。

「悪い奴ほどよく眠るってやつですな」

吐き捨てるように言った。「どうにもならんのです」

「本当にどうにもならないものなのですか？」

「ああ、警察は……われわれはそれなりによくやったつもりですよ。しかし不正を追及しつつあった当の被疑者が死んでしまった以上は、そこから先へは進めないのです」

「まさか」と浅見は大きく口を開けた。

「まさか井口さん、究極の被疑者が大山氏だったなどと考えているわけではないのでしょう？」

「それは……」

井口部長刑事は口を噤《つぐ》んだ。彼の胸中には原野技術部長を逮捕まで持ち込んだときの労苦が詰まっているにちがいない。

「警察は――というより、井口さんはどの程度まで、事実を摑《つか》んでいたのですか？」

浅見は静かな口調で言った。

井口はゆっくりと浅見の顔に視線を向けて、信じられない――というように、声を立てずに笑った。

「そんなことは私の口から言えるわけがないでしょう。いかなる事実を摑んだとしても、警察の公式発表以上のことは、何人といえども口に出してはならない。それが警察官たる者に与えられたルールです」

「かわいそうに」

「かわいそう？……ははは、うだつの上がらない刑事を憐《あわ》れみ、同情してくれるというわけですか」

「とんでもない。刑事さんを憐れむなんてことはできっこありませんよ。そうではなく、せっかく発見されながら、虚《むな》しく埋もれてしまった『真実』を憐れむのです。そうやって死んでいく事実たちの重みで、日本が沈んでしまわなければいいのですがね」

「……………」

笑っていた口のまま、井口の表情が固まってしまった。目の光が薄れ、頬の筋肉が弛《ゆる》むと、惚《ぼ》けた老人のような顔になった。

「死んでいく事実、ですか……」

井口は呟《つぶや》いた。事実から目を背けることが、事実を殺すことになるという考え方は、経済事犯担当の捜査二係とはいえ、殺しに直面する機会の多い刑事だけに、かえって新鮮なものに感じられたのだろう。

浅見は何も言わずに、じっと部長刑事の心の動きを見つめていた。

井口は悩ましげに眉《まゆ》をひそめた。殺人事件で死ぬのは被害者だけでなく、被害者の持っていた情報そのものもまた死ぬのである。たとえ人は死んでも、摑んでいる事実までも虚しく死なせてしまうことは、警察官としての怠慢であり、それ自体が罪悪だ。そのことに思い至ったにちがいない。

「しかし、われわれ刑事風情《ふぜい》に、なにほどのことができますかなあ……」

井口は溜息《ためいき》をついた。

「たとえ、大山土現所長の自殺に何らかの事件性があったとしてもですよ、地検のお歴々でさえ手を引っ込めてしまった事件です。つまりは警察は手を出すなという引導を渡されたにひとしい。道警の幹部ならともかく、われわれ下っ端は、いうなれば道庁の一般職員と同様、道《どう》の禄《ろく》を食《は》む者ですからなあ。命令系統を無視して、道政に楯《たて》突《つ》くわけにはいかないでしょう」

「分かります」

浅見は素直に、しかし悲しそうに頷《うなず》いた。井口の言うとおりなのだ。ことは一介の警察官に責めを負わせるべき問題ではない。

「すみません、生意気なことを言いました。忘れてください」

頭を下げるルポライターに、井口は「いや……」と首を振った。

二人は思い出したように、冷えたコーヒーを啜《すす》った。苦い思いが喉《のど》を伝って腹にしみていく。

「それで浅見さん、あんた、この事件を追いかけるつもりですか」

井口は訊《き》いた。

「ええ、僕なりに、できるだけのことはやってみるつもりです」

「できるだけって……これは厄介な事件ですが」

「それは、警察も地検も手を焼いたのですから、最初から難事件なのは分かってます。しかし、この氷山の一角のような事件を見逃してしまっては、北海道を支配する構造的な不正の図式は何ひとつ変わらないでしょう。孜々《しし》として日々の暮らしを営む、ごくふつうの道民がいる一方で、ひたすら利権漁《あさ》りに専念するような連中の存在を許しておくのは、罪悪ですよ。現に、目の前にはサッポロドームのこともありますし……」

「サッポロドーム……」

井口は目を大きく見開いた。それから、手の中の名刺と浅見の顔とのあいだを、何度も視線を行き来させた。

2

月の出を待つ月曜日
灯ともしごろの火曜日
ブルーな水曜日
気まぐれな木曜日
ゴールドの金曜日

こんな諺《ことわざ》を教えてくれたのも〔まゆ〕のママである。月曜日は会社の仕事が溜《た》まっているせいか、お客の出足が遅い。火曜日はその反動のように夕暮れとともにお客が訪れる。水曜日は中だるみで閑古鳥《かんこどり》が鳴く。木曜日はその週によってまったく読めないほど波がある。そして金曜日こそは文字どおりお金になる日——というわけだ。

そのブルーな水曜日、〔ユリアンヌ〕はもう八時を過ぎたというのに、一人の客もいなかった。それを見込んでか、賑《にぎ》やかしのトモミは休むと言ってきた。彼女がいないと灯が消えたようだ。沈んだ空気を引き立てるように、美穂子はカラオケの練習に励んでいる。加奈子はグラスをせっせと磨いている。穏代は——ぼんやりとドアの向こうを通り過ぎる人影を眺めていた。

当たり前の話だけれど、客商売の店にお客が来ないことほど悲劇はない。着飾ったいい女が顔を揃えて、ただひたすらいつ来るとも知れないお客の訪れを待つ姿は、われながらいじましいと悲しくなることがある。

けれど、お客が来れば、そんな感情はおくびにも出さず、陽気で温かい笑顔を見せる。べつに無理をしなくても自然に頬がゆるみ口元がほころぶ。

ほかのコのことは知らないけれど、穏代の場合は作り笑いというのではなく、ほんとうに嬉《うれ》しくて笑えてしまう。たぶん、その瞬間はお金のことなど忘れている。お客の——ことに馴染《なじ》みの顔を見ただけで、懐かしさにも似た想いが込み上げるのである。

男たちの身辺に、そんなふうにして迎えてくれる女性は、あまりいないにちがいない。少なくとも、家に帰っても、そんな歓迎には出くわさないだろう。そうして、お客も女たちも、懐かしい想いという共通した、一種の錯覚のような雰囲気に浸るのである。

「いらっしゃい」という加奈子の声に振り向くと、則行と赤山裕美だった。

「なあんだ、則行か」

「なんだはないだろう」

則行は不満そうに口を尖《とが》らせた。

「今夜来てくれって、電話寄越したのは姉さんじゃないかよ」

「ああ、そうだったわね」

「ひでえな。こっちはデートだっていうのに、強引に呼びつけておいてさ」

「ごめんごめん……」

穏代は二人をいちばん奥のシートに案内して、あらためて裕美にお辞儀をした。

「いらっしゃい。悪いわねえ、デートの約束破らせて」

「いいんですよ、もうお食事をご馳走《ちそう》になってきましたから。それに、デートっていっても、べつにどうってことはないんです」

「あら、そうなの、どうってことないの？　だめな弟でごめんなさいね」

「だめなって、何がだめなんだよ。二人とも変なこと言うなよ」

則行はますます腐った。

「で、用事って何なんだい？」

「うん……」

穏代は返事をして、二人の「客」にビールを注いでやった。加奈子が気を利かせて、おつまみの枝豆を持ってきた。

「どう赤山さん、仕事のほう、うまくいきそう?」

「ええ、ありがとうございました。なんとか大丈夫そうです。ふつうの事務と違って、いろんなことをやらなければならないから、活気があって面白そうです」

「そう、ならいいけど……あの、あなた、電話を受けたりなんかもするの?」

「ええ、もちろんですよ。わりと図々しいから、仕事内容なんか分からなくても、平気で電話、出ちゃうんです。それに、みんないなくなっちゃうこと、よくありますし」

「白井さんから電話かかること、ある? といっても、分からないかしら。まだ二日目ですものね」

「白井さんて、大同プロモーションの白井さんですか? ええ、ありましたよ」

「ほんと? いつ?」

「昨日の三時ごろだったかしら。誰もいなくて、まだ入りたての新米ですって言ったら、頑張ってねって言われました。優しい感じのひとですね」

「じゃあ、用件は聞かなかったのね」

「いえ、社長に伝言を頼まれました。今夜、会う予定だって伝えてくれって」

「今夜って、昨日の晩てこと？」

「ええ、そうです」

「じゃあ、白井さん、札幌にいらっしゃるのかしら？　どこから電話してるとかは言わなかった？」

「ええ、おっしゃってませんでしたけど、札幌だったと思いますよ」

「え？　どうして分かるの？」

「公衆電話からかけてたみたいですけど、最初のコインが落ちるまで、けっこう長く話せましたから」

「ああ……」

頷きながら、穏代は自分のところにかかってきた電話のときはどうだったかを思い浮かべていた。白井は最後に「小銭が切れる」と言って電話を切った。それまではコインの落ちる音はしなかった。ということは、やはりあれは札幌市内の公衆電話からだったのだろうか。

「なんだよ、姉さん、白井さんのことを聞きたくて赤ちゃんを呼んだのかよ。おれに用事じゃないんだ」

則行が面白くなさそうに言った。則行には白井のことを、この店でたまたま顔を合わせたときに紹介した。東京時代からお世話になっている、大切なお客様——という紹介の仕方だったが、則行は穏代と特別な関係にある人物かと邪推したらしい。そうじゃないことを分からせるのに苦労したが、こういうことがあると、またぞろ邪推されてもしようがない。

「そういうわけじゃなくて、ちょっと気になることがあるのよ。だから則行と、それに、できたら裕美さんにも相談に乗ってもらおうと思って」

「気になるって、何なんだよ、白井さんのことかよ?」

「うん」

穏代はテーブルの上に身を乗り出すようにして、いっそう声をひそめた。美穂子も加奈子もカウンターのほうにいて、ここの話は聞こえない。

「昨日ね、うちにおかしな電話があったの」

穏代は「警察」と名乗る男からの不愉快な電話のことを話した。まるで白井が穏代の家にいると決めてかかっているような、強圧的な電話だった。

「それ、いたずら電話じゃないのかな」

則行はごく平凡に受け取っている。

「ただのいたずらだったら、どうして白井さんのことを知っているのよ。しかもうちに来ているだろうなんて、どうして思うのよ」

「この店のお客でさ、白井さんばかりがモテるのが面白くない人とか、いるかもしれないじゃないか」

「ばかねえ、私はそんな差別はしないわよ。かりにそうだとしたって、警察を名乗ることないじゃないの」

「そうですよ」と裕美も同調した。

「やっぱりそれ、ただのいたずらじゃないと思いますよ。白井さんて、電話では優しそうな感じだったけど、何かヤバい仕事してるんじゃないかしら」

「まさか……」

稔代は気持ちとは逆に、否定的に首を横に振った。

「白井さんの大同プロモーションて、ポロ・エンタープライズと同じような会社よ。昔の興行師と違って、暴力団と関係があるわけじゃないし」

「でも、うちなんかは田舎ですけど、大同プロモーションは直接、海外のタレントなんかを呼んだりするのでしょう。やっぱり麻薬とか、そういうの、関係する可能性はあるんじゃないんですか？」

「じゃあ、あの電話は警察ってこと？　まさか、違うわよ」

「警察より、やっぱりヤクザ関係じゃないでしょうか」

裕美はミステリー好きと言っているだけに、そういう方向への頭の回転は速いらしい。勝手にサスペンスタッチのストーリーを思い描きそうだ。しかし、穏代もそれを打ち消すほどの、白井に対する信頼は揺らいでいた。もしかすると——という気持ちは、あの怪しい電話を受けたときからずっとつづいているのだ。

「もしそうだとしたら、ヤバいじゃない」

女同士のやり取りを傍観していた則行が、不安そうに言った。

「姉さんまで巻き込まれかねないよ」

「変なこと言わないで。私は関係ないわよ」

「そう言ったって、相手はそうは思わないだろう」

「相手って、誰よ?」

「分からないけどさ」

得体の知れない相手のことを考えて、三人とも押し黙ってしまった。

ドアの方角に人の気配がして、「いらっしゃいませ」と美穂子が言った。反射的に穏代も立ち上がって振り向いたが、それより早く、裕美が「あらっ」と小さく叫んだ。

客は見知らぬ男だった。物珍しそうに店内を見回す目を裕美の上で停めて、ちょっと思い出す表情をしてから、すぐに気づいたらしい。声には出さなかったが、「あっ」と白い歯を見せて、軽く会釈した。

「あら、お知り合い?」

稔代は客のほうへ向かいながら、裕美を振り返った。

「いえ……」と裕美は強く首を振った。

「そういうわけじゃないけど……」

当惑しながら、則行に小声で何か囁《ささや》いている。

男はカウンターの端に坐《すわ》って、美穂子にビールを注文した。

穏代ははじめての客を迎える挨拶《あいさつ》をしながら、隣りの椅子に腰掛けた。

「東京の方でしょう」

「ええ、よく分かりますね」

「そりゃもう、東京の匂いがしますもの。私だってこれでも二年前までは銀座にいましたのよ。あまり自慢にもなりませんけど」

言いながら名刺を出した。

「ママの穏代です、このコは美穂子、それから……加奈ちゃん、ちょっとこっちへいらっしゃい」と穏代は加奈子を呼んで、「どうぞよろしく」と、紹介した。

「あ、こちらこそ」

男はこういう店はあまり慣れていないらしく、三人の名刺を押し頂くようにして、ぎごちない挨拶をする。

「よろしければ、お名刺いただけます？」

「ああ、いいですが、何も書いてありませんよ」

男のくれた名刺には「浅見光彦」の名と住所だけで、肩書は何もない。

「あら、ほんと……そうすると、お仕事は小説家か何か？」

「ははは、そんな気のきいたものじゃありません。ただのフリーのルポライターです」

「あら、すてき」

穏代が言うと、美穂子も「かっこいい」と、こっちのほうが真に迫った声で言った。

「じゃあ、テレビなんかでタレントさんにインタビューしたりするんでしょう？」

「ばかねえ、あれはレポーターじゃない」

穏代が窘《たしな》め、浅見も笑った。

「僕はそういう陽の当たる場所には出ません。もっぱら取材に歩き回って、下手くそな文章を書いているだけです」

「それじゃ、こちらには取材のお仕事でいらっしゃったんですか？」

「まあそうです」

「どんな取材ですの？」

「どんなといわれても……」

浅見は当惑した目を天井に向けていたが、ふと思いついたように、「地方の芸能プロの取材です」と言った。

「一昨日は、函館に行って、宮下企画というプロモート会社を取材してきました」

「札幌は取材なさらないんですか？」

「いや、札幌はこれからです。ここは大都市だから、そういう会社はたくさんあるでしょうね」

「あら、そうでもないみたいですよ。うちによく見えるお客様にもポロ・エンタープライズっていう芸能プロっていうんですか、そういう、タレントさんを呼んだりする会社の社長さんがいらっしゃいますけど、札幌にはちゃんとしたのは二軒だけですって」

「ふーん、そうですか。それは意外だな」

言葉の途切れたタイミングで、美穂子が「私もおビール、お付き合いさせていただいていいかしら？」と言った。

「あ、ごめん、どうぞ。僕は気がきかないものだから」

浅見は頭を掻《か》いた。ぜんぜんすれたようなところがなくて、これで本当に東京のルポライターかな？——と疑いたくなる。

ドアから越川の顔が覗《のぞ》いた。後ろに珍しく春恵夫人が従っていた。

「カミさんに、たまには連れていけって言われてさ」

越川は照れ臭そうに弁解しながら、入ってきた。

「たまには旦那《だんな》の浮気場所を見届けておきませんとね」

春恵は冗談を飛ばして先にカウンターに坐った。先客とは、穏代が坐っていた椅子一つを置いた隣りである。いつもはテーブルに落ち着く越川も、仕方なくその反対側の椅子に腰を下ろした。

「あら、浮気どころか、社長さんは会社にいらっしゃるときみたいに、お仕事のお話ばっかしですよ」

穏代はジョークを返しながら、ボトルを取って水割りを作った。

「あ、そうそう、こちらのお客様、ルポライターをなさっていらっしゃって、札幌の芸能プロっていうんですか？ その取材をなさりたいんだそうですよ」

浅見を紹介して、

「こちらがさっきお話しした会社の社長さんご夫妻です。奥様は専務さんなんですよ」

「そうですか、それはありがたい。よろしくお願いします」

浅見は立って、越川夫妻に名刺を渡した。越川も席を離れて名刺を出し、春恵は坐ったままだが、「こちらこそよろしく」と丁寧に挨拶している。

「あちらのお席へお移りになりませんか？」

穏代の勧めで、三人の客はテーブルに移ることになった。その席替えのときに越川夫妻は赤山裕美に気づいて、越川が「よお、来てたのか」と手を上げた。裕美はペコリと頭を下げながら、複雑な目を、浅見と春恵に交互に向けている。

越川夫妻は並んで坐り、浅見の隣りには美穂子がついて、穏代はいつでも席を立てるように、スペアシートに坐った。越川は自分のボトルで浅見やママにも水割りを作るよう、美穂子に命じ、全員で乾杯した。

「浅見さんは一昨日、函館の宮下企画さんていうところへいらしたんですって」

穏代は越川社長に言った。

「ほう、宮下さんのところへですか」

「はあ、函館では、プロモート会社は宮下企画一軒だけだそうですね」

「まあそうでしょうなあ。この業界は中央主導で動いていますから、地方で店を構えてやるのは、なかなか大変なのです」

「そのようですね。宮下さんにもいろいろ苦労話もお聞きしました。しかし札幌は大きいから、プロモート会社もしっかりしていると言ってました。その一つがポロ・エンタープライズさんなのですね」

「ははは、しっかりしているといっても、うちあたりは吹けば飛ぶような会社ですよ」

「東京の大同プロモーションと取引があるそうですね」

「ほう、ご存じですか。もっとも、大同はでかいから、東京では有名でしょうが」

「あそこの白井という人と顔見知りです」

「えっ、白井さんを知ってるんですか。うちは白井さんを窓口にして、大同とお付き合いさせてもらっていますよ」

「あ、そうだったのですか。あの人は優秀な方ですねえ。そうすると、ポロ・エンタープライズで仕切るイベントは、大同プロモーションからのものが多いのですね」

「そうですな、三分の二くらいは大同から回してもらっているかな……どうだい？」

越川は春恵を振り返って訊《き》いた。

「まあそうですね」

春恵は短く答えた。

「こんなところで取材みたいな真似をして、申し訳ありませんが、札幌でのイベントの苦労話などをお聞かせいただけませんか」

浅見が越川夫妻に向けて言うと、越川は気軽に「ああ、いいですよ」と応じた。

客同士で話が弾んでいるので、美穂子も穏代も疎外された感じになった。そのとき、則行がトイレに立つふりをして、穏代の背に軽く触れていった。穏代は美穂子を残してカウンターの中に入った。

「姉さん、ちょっと話があるんだけど」

則行は小声で言いながら、さりげなく、棚に並ぶボトルの銘柄を選ぶような素振りをして穏代の前に坐り、「あのお客、おかしいよ」と言った。

「あのお客って、浅見っていう人？」

「ああ、そういう名前らしいけど、あの人、ポロ・エンタープライズの奥さんと知り合いのはずなんだ」

「えっ、嘘……」

「嘘じゃないよ。赤ちゃんがさ、喫茶店で二人でこそこそ話しているところを見ているんだから、間違いないよ」

「ちょっと、あんた、外へ出なさい」

穏代は弟を先に廊下に出させておいて、急ぐ様子を見せずにドアを出た。

「どういうことなの、それ？」

「どういうこともこういうことも、いま言ったとおりだよ。とにかく、あの二人、知らないふりを装っているけど、知り合いで、けっこうヤバい話なんかしていたみたいなんだ。死んだとか、警察だとか。ほら、先週の土曜日、おれが北大植物園で死体を見つけたじゃない。あの日だよ」

「やだ……」

稔代は思わず肩をすぼめた。

「じゃあ、二人で越川社長を騙《だま》しているっていうわけ？」

「そういうことになるんじゃないの」

稔代の頭に「不倫」の文字が大きく浮かんだ。

「どうしよう」

「社長に教えてやったら」

「ばかねえ、そんなことできないわよ。とにかく……そうね、私たちは何も知らないことにしているのがいいわね。あんたも、それに裕美さんもそうしていてよ」

「そういうわけにいかないよ」

「どうして？」

「だって、あの男、赤ちゃんと喫茶店で会ったことを知っているんだもの。さっき、店に入ってきたとき、赤ちゃんにちょこっと挨拶《あいさつ》してたじゃないか」

「ああ、そうだったけど、裕美さんは知り合いじゃないって……」

「知り合いじゃないけど、顔は知っているのさ。ということは、つまり、あの男のほうも、社長の奥さんとの密会を、赤ちゃんに目撃されたのを、知っているってことだよ」

「そうなのか、それなのに平気な顔でとぼけているんだ……だとしたら、すごいワルじゃないの。人は見かけによらないっていうけど、ほんとだわね」

穏代はドアの方角を睨《にら》みつけた。しかし、越川夫妻とあの男と、どのようなトラブルがあるにしても、それに巻き込まれるのはごめんだ。それに……。

「そうだわ、あの人、白井さんとも付き合いがあるようなことを言っていたわよ。白井さんと何か関係があるのかしら？」

「どうかなあ……もしそうだとしたら、ややこしい話かもしれないよ、これは」

「あっ、まさか、さっき話したあの電話の男じゃないでしょうね？……」

「あいつだよ、きっと」と則行は言った。

「警察じゃなくて、私立探偵みたいなものかもしれないな」

「あ、そういえば、肩書も何もない名刺だったわ。フリーのルポライターだとか言っていたけれど」

「とにかく信用できないよ、あいつ」

いつまでも廊下で立ち話をしているわけにはいかない。結論を得ないまま、穏代は話を切り上げて店に戻った。則行には何も言ったりしたりするなと釘を刺しておいた。

越川夫妻と浅見とは、すっかり打ち解けて札幌市の文化活動の現状——などといった話題で盛り上がっていた。

3

浅見にとって気掛かりなのは、〈ターフェル〉で会った若い女性が、明らかにこっちの様子を窺《うかが》っていることであった。彼女はどうやら越川夫妻とも知り合いらしい。だとすると、〈ターフェル〉で話し込んでいた春恵と浅見が、まるで初対面のように挨拶しているのを見て、彼女が奇異に感じないわけがない。

ただし、春恵のほうはその女性に背中を向けていたから、〈ターフェル〉で会ったことに気づいていない可能性はある。

まさに予想もしていない状況であった。越川夫妻と和気あいあい語りながら、たえず意識の端にその女性の存在がある。いつどこで化けの皮をひき剝《は》がされるか——と不安だが、とりあえず、この場は土壇場までとぼけているしかない。

越川は札幌をはじめ、北海道におけるイベント——とくにコンサート活動の将来について、熱っぽく語った。千歳がいわゆるハブ（拠点）空港としての機能を発揮するようになったら、従来のように東京に頼るのではなく、北海道独自に外国人タレントを招聘《しょうへい》して、定期的なオリジナルコンサートを開きたい——などと抱負を披瀝《ひれき》した。

「白井さんも大賛成で、商売っ気抜きで応援すると言ってくれましてね」

春恵が言っていたように、越川は白井という人物に心底、傾倒しているようだ。仕事上で世話になっているのだから、好意を抱いているのは当然だとしても、その範疇《はんちゅう》を超えて、白井の全人格に心酔しているようにさえ感じ取れる。これでは、春恵夫人が妙な心配までするのも無理はない。

「札幌が東京などに較べてハンディがあるとすると、いま言った外国からのアクセスの問題と、もう一つは一年のうちの半分が雪と氷の影響を受けるという点です。いや、そういうイメージで見られているということのほうが問題なのですよ。東京や大阪の人たちは、冬の札幌は雪まつりぐらいしかやってないと思っているかもしれないが、札幌だってコンサートも演劇も活発にやってますよ。これからは、夏場はもちろん、むしろ冬にこそ、札幌へ行かなければ聴けない、観られないといった、全国レベルのビッグなイベントを企画して、日本じゅうからお客を集めたいと思っています」

「すごいですねえ、気宇壮大ですね」

「ははは、これだって、白井さんに啓蒙《けいもう》されたことですがね」

「そんな大きなことばっかし考えて」と春恵夫人が皮肉っぽい目をした。

「全国レベルっていっても、札幌にはビッグイベントを催そうにも、大きなホールだってろくすっぽありはしないんですよ」

「そんなことはないさ、いずれはできるよ」

「だめだめ、札幌の企業や財界は芸術文化に対する取組み方が鈍いのよ。サッポロファクトリーだって、コンサートホールか、せめてイベントホールにしてくれればいいのに、あんなレストランのお化けみたいのにしちゃったし」

「あはは、お化けはひどいな。いや、しかし、いつまでも悲観的になってばかりいてはだめさ。積極的に動けば、間もなくでかいホールだってできるはずだよ」

「たとえば、サッポロドームのように、ですか?」

浅見が横からずばりと言った。越川は「ああ、そう。よくご存じで」と驚いたように頷《うなず》いたが、春恵夫人は首を横に振った。

「そうなのよ、政治家も財界人も、ああいうスポーツ施設に対してはすぐ乗り気になるのよ。だけど、音楽だとか演劇だとか芸術だとか、自分たちが理解できない文化に対しては冷淡なのよ」

「いえ、それは理解できないというのとは違うと思いますよ」

浅見は言った。

「政治家や経済界が文化施設よりもスポーツ施設ばかりに熱心なのは、スポーツ施設づくりには広大な土地とそこへのアクセス道路の建設が必要とされるからです。街中でコンサートホールを造っても、派生的な経済効果はほとんど期待できませんからね」

「そういうことです」

越川はわが意を得たり——とばかりに、力を込めて、春恵を説得するように言った。

「女たちは単純に、文化への理解がないなどと怒る程度だが、現実はもっとドロドロしたものだよ。やつらは自分の懐に入る金のことばかり考えている。そういう尺度で国や北海道や札幌市のプロジェクトはもちろん、民間の事業も推進させようとしているのだから、浅見さんの言ったように、金にもならないコンサートホールなんか、てんで造る気にならないのさ」

「あら、だっていまあなた、間もなくできるようなこと言ったじゃないの」

「ああ、それはだから……」

越川が口籠《くちご》るのを引き取るように、浅見が言った。

「もしサッポロドームの建設なんてことを止めてしまえば、ホールの一つや二つ、簡単にできちゃいますよ。それとも、ドームの仕様を音楽ホール向けに変更するとか」

「だけど、あれはもう、既成事実みたいなものじゃないんですか？」

「それをひっくり返すことができるかどうか……」

浅見は言いながら、自分でも思ってもいなかったような発想を口にしていることに気がついた。連想の勢いというのか、論理の流れの必然というのか、越川が言いたくて言わずにいたことは、そこにあるのではないだろうか——と、なんとなく思った。

「そんなこと、できっこありませんよ」

春恵は頭から否定的だ。

「なぜそう思うのさ」

浅見より先に、越川が不満そうに妻の顔を見た。

「やってみなければ分からないだろう」

「だめよ、できっこないわよ。だいいち、いったい誰がそんなことやれるの？」

「われわれだよ、われわれ自身……」

勢い込んで言いかけて、また口籠った。

「われわれ自身て、あなたもってこと？　そんなの無理よ。ちっぽけなローカルのプロモート会社風情《ふぜい》に何ができるものですか。もしかして、そんな途方もない思想は白井さんに吹き込まれたんじゃない？」

「途方もなくないさ」

「あ、やっぱり白井さんなのね。あなたは白井さんの言うことなら何でも正しいと信じちゃうんだから。騙《だま》されちゃだめよ」

「騙される？　おい、白井さんに対して、そういう失礼なことを言うなよ」

さすがに、越川は気色ばんだ。浅見はともかく、傍にいる美穂子はハラハラして、言葉も出ない。

「そういう結果になりかねないから心配しているんじゃないの。そりゃ、白井さんは優秀な人だわ。優秀な人だけど危険なところもあるかもしれないでしょう。たとえば……」

浅見は慌てて、「白井さんは信頼できる人ですよ」と口を挟んだ。明らかに春恵は、戸田亘の失踪《しっそう》事件のことに触れようとしかけたのだ。

「僕は越川さんほどにはお付き合いはありませんが、あの方は頭脳が優秀だというだけではなく、人格的にも尊敬できる人物だと思います」

「そうでしょう、浅見さんもそう思うでしょう。ほら見ろ、だから言ったじゃないか」

浅見は越川の目が春恵を向いた瞬間に、春恵にすばやく目配せをした。

「そう……そりゃ、たしかにそう言われればそうですけどねえ……」

春恵は不得要領のまま、急にトーンを落とした。

「ところで、先週会ったとき、白井さんは札幌へ行くって言ってましたが、越川さんのところに来られたのではありませんか？」

浅見は話題を変えて、核心に触れることを訊《き》いてみた。

「ああ、見えましたよ。水曜日に来られて、金曜日に帰られました」

越川はまったく表情を変えずに言った。とても嘘をついているようには見えない。

もしかすると、越川は白井が金曜日以降——少なくとも浅見と会った日曜日にも札幌にいたことを知らないのか——と思えるほどだ。嘘をついているのだとしたら、よほど感情を抑制できるすべを心得ているにちがいない。

しばらくどこかへ行っていたママが、「ごめんなさい、ほったらかしにしておいて」と戻ってきた。それから間もなく、奥の若い二人が席を立って店を出た。青年は黙って、女性のほうは「お先に失礼します」と越川夫妻とママに会釈してから、二人とも浅見にチラッと冷たい視線を送っていった。

「いまの彼女、赤山っていって、うちの社員なのですよ」

越川が言った。

「ご紹介すればよかったかな」

「あら、浅見さんはご存じなのじゃありませんの？」

穏代がグラスに氷を入れながら、浅見の目を見ずに言った。意味ありげな口ぶりだ。さっき、店に入ったとき、不用意に交わした短い挨拶《あいさつ》を見られていたにちがいない。

「いえ、知りません」

しかし、浅見はケロッと言ってのけた。

若い二人が出ていったのと、ほとんど入れ替わるようなタイミングで、二人の男が入ってきた。カウンターにいた加奈子が「いらっしゃいませ」と言い、穏代もすぐに迎えに立ち上がった。

陰気くさい客だ——と思ったら、二人のうちの年配のほうがすばやい手付きで手帳を示して「警察です」と言った。

穏代がギクリとするのが、浅見にも分かった。べつに悪いことをしていなくても、パトカーだとか刑事の訪問だとかいうのに出くわすと、緊張するものだ。

「あの、何か？……」

「これはおたくのマッチですね？」

刑事はポケットからビニール袋に入れた紙マッチを取り出して、穏代に示した。

「ええ、そうですけど」

「これは街頭で配ったりしますか？」

「ええ、二年前にお店を開いたとき、宣伝で配ったことがありますけど、その一回だけです。いまはそういうことはぜんぜんしていませんよ」

穏代は、街頭で無許可で宣伝活動などをしたとでも言われるのか——と思って、予防線を張っているのだ。

「そうすると、店に来たお客さんだけに渡しているってことですね」

「ええ、そうです」

「じゃあ、間違いないな」

刑事はもう一人の若い刑事を振り返った。相棒も「そうですね」と頷《うなず》いた。

「あの、何なのですか？　そのマッチがどうかしたんですか？」

「じつはですね、けさがた東本願寺裏の公園で男の人が殺されていた事件があったのは知ってますね？」

「え？　ええ、テレビのニュースでやってましたから」

「その現場近くの草むらにこのマッチが落ちていたのです」

「えっ……でも、その人が落としたかどうか分からないんじゃありません？」

「まあそういうことで、いままで時間がかかったのですがね、調べたところ、このマッチから被害者の指紋が検出されたのですよ。つまり、被害者が捨てたか、犯人が被害者のポケットからほかの物と一緒に取り出して捨てたか——というのは、被害者は身元を示すような物を何ひとつ持っていないので、そう考えられるのですがね。そこでですね、ちょっと申し訳ないが、この写真を見ていただきたいのです」

「はあ……」

穏代は釣り込まれるように、刑事の手許の写真を覗《のぞ》き込んだ。

「いやだ……」

悲鳴を上げて、穏代は後ずさった。椅子に足をとられて倒れそうになるのを、あやうくカウンターに手をついた。

「死んだ人じゃないの……」

「あ、これは失礼、驚かしてしまいましたかね。こういう写真しかないもんで、申し訳ないですが、ひとつ協力してください」

刑事は少しも申し訳ない顔をしていない。むしろ死人の写真に素人がたまげるのを、楽しんでいるようにも見える。

「どうですか、この顔に見憶《みおぼ》えはありませんか？　たぶんおたくに来た人だと思うのですがねえ」

刑事が写真を突きつけるのを、穏代は顔を背《そむ》けた。

「いやですよ、もう。誰か見てちょうだい。加奈ちゃんか美穂ちゃん、お願い」

二人の女性は、ママの頼みでもこればっかりは——と、刑事の傍に近寄らない。

「しょうがないな、頼みますよ」

刑事は苛立《いらだ》った。

浅見は立ち上がって、「ちょっと見ましょうか」と刑事の手から写真を取った。写真は正面からのと左右からのと三枚あった。いずれも胸から上のもので、寝台の上に横たわっているところを撮ったらしい。死人は死人だが、惨《むご》たらしい傷などがあるわけでもなく、新しいホトケだけにきれいな死に顔だ。

「これなら大丈夫ですよ。とてもきれいな写真です」

浅見は少し不謹慎なくらい陽気に言って、穏代に笑顔を向けた。穏代は不信を込めた目でこっちを見ていたが、諦《あきら》めたように、浅見の手にある写真に向けて首を伸ばした。

写真をしばらく見て、「あっ……」と口を押えた。

「どうですか？　見たことがある顔なのですね？」

刑事は意気込んで言った。

「ええ、たぶん昨日の晩、ここに坐《すわ》っていたお客さんだと思いますけど」

穏代は脅えながら、すぐそこにある、カウンターの前の椅子を示した。

「あんたたちもちょっと見てくれないかな」

刑事は二人の女性を手招きした。美穂子と加奈子は、不承不承、近寄って写真を見た。異口同音に「あっ」と言った。たしかに昨夜のお客に間違いなかったのだ。

「いやだわァ、殺された人って、うちのお客さんだったの」

穏代はいまにも卒倒しそうな姿勢で、カウンターに寄り掛かったままだ。

浅見は写真をもういちど眺めた。痩《や》せ型の中年男である。スーツを着てネクタイも締めている。髪の毛はさほど乱れていないが、それは写真を撮るさいに係官が直したものかもしれない。

「おたくも見憶えがあるのですか？」

浅見があまり長く写真を見ているので、刑事は訊《き》いた。

「いえ、ありません」

「なんだ、だったら返してください」

写真をひったくって、店の連中に、「それじゃ、ちょっと事情聴取をさせてもらいますよ」と言い、もう一人の刑事に、開いているドアを閉めさせた。

「あの、ここでやるんですか？」

穏代は抗議する口調で言った。

「いけませんか？　具合が悪ければ署まで来てもらいますが」

「いえ、だったらここでいいです。でも、お客様がいらっしゃるし……」

「お客さんに帰ってもらうわけにもいかないでしょう。警察には営業妨害をする権利はありませんからね。もっとも、自分から帰りたいというのであれば、かまいませんが」

「僕はここにいますよ」

浅見は言って、越川夫妻を振り返った。

「越川さんは帰られたらいかがですか？」

「そうね、帰りましょうよ」

春恵は言った。関わり合いになりたくない気持ちが露骨に見える。越川のほうはまだいてもいいような感じだったが、結局、春恵夫人の意志には逆らえないのだろう。

「じゃあ失礼しますよ」と席を立った。

刑事は「一応、お名前と住所を伺っておきましょうか」と手帳を出し、念のために写真を見せた。越川夫妻は顔をしかめて、二人とも「知らない」と答えた。そのあと刑事は浅見にもあらためて住所、氏名、職業などを確認した。浅見が名刺を出して「フリーのルポライターです」と言うと、鼻の頭に皺《しわ》を寄せた。マスコミの人間に好意を持っていないにちがいない。

刑事は店の人間に、被害者の男が店に来てから立ち去るまでの状況をしつこく訊いた。男は九時半ごろに店に入り、独りでカウンターに坐って、水割りを二杯飲んで、十時二十分ごろに帰っている。女のコがつくのを嫌って、穏代が話しかけても、煩《うるさ》そうにしていた。名前を訊くと「山田」と名乗った——。

「山田——と言ったのですね？」

「ええ、でもほんとかどうか」

「偽名だと思った理由は？」

「理由って、べつにありませんけど、山田さんとか鈴木《すずき》さんとか、なんとなく偽名に使いそうな感じでしょう」

「なるほど、そういうもんですかね」

刑事は手帳を畳んでポケットにしまった。

「またお邪魔するかもしれません。もしこの被害者のことで何か思い出したら、中央署のほうに電話してください」

挙手の礼をして帰ろうとするので、浅見は思わず「それだけでいいんですか？」と言った。

刑事ばかりか、ママも女のコもいっせいに浅見を睨《にら》んだ。刑事は自尊心を傷つけられたのだが、店の人間にしてみれば、せっかく帰りかけた疫病神を引き止めるような余計なことをしないで——という気持ちだろう。

「まだ何かありますかね？」

刑事は仏頂面で言った。

「ええ、確認しておいたほうがいい疑問点が、あと二つか三つはあると思いますが」

「ふーん、どういうことです？」

「たとえば、その人がこのお店に来た理由とかですね」

「そりゃ、あんた、バーに来るのは酒を飲みに来るか、女性に会いに来るかの、どっちかじゃないんですか」

「それはそうですが、このお店はビルの四階という、比較的分かりにくい場所にありますよね。それに、ビルの中にはほかにもお店がいくらでもあるのに、ここに入った言いながら、浅見は、この質問には墓穴を掘る危険性のあることを悟って、訊かれる前に言った。

「僕の場合は、札幌のこういう雑居ビルが珍しいので、探訪している途中、たまたまユリアンヌという名前が目について入った、ほんの気まぐれみたいなものですけどね」

「だったら、この男も同じような気まぐれだったのじゃないんですか」

「そうかもしれませんが、もしそうなら、もうちょっと店の女性たちと楽しい会話を交わしてもよさそうな気がしませんか」

「そうするかどうかは、当人の趣味や性格の問題でしょう」

「はあ、そうでしょうかねえ」

浅見はあえて逆らうのをやめて、「もう一つの疑問ですが」と、穏代に訊いた。

「さっきのあなたの話を横で聞いていた感じだと、この人、煙草も吸わないで帰ったような気がしたのですが、どうでした？」

「お吸いになりませんでした」

「やっぱり……それなのに、なぜマッチを持っていたのでしょう？　刑事さん、そのマッチは使われていましたか？」

「ん？　あ、いや、一本も使ってなかったようですな」

「だとしたら、マッチを持って帰ったのはなぜなのか――が問題ではありませんか」

「しかし、煙草を吸わなくても、マッチを持って帰るようなことはよくあるんじゃないかな」

「なるほど、それもそうかもしれませんね」

刑事の反論に対して、浅見はまったく抵抗しない。それがむしろ、刑事には不満のようにも見てとれた。

「おたく……えーと浅見さんでしたか。疑問点が二つか三つと言われたが、ほかにもあるのですか？」

「ええ、もう一つは、なぜ帰ったのか――です。なぜこのお店に入ったのかという点の、いわば裏返しみたいなものですが、何か帰るきっかけのようなことがあったかどうか」

「そんなことはあんた……」

刑事は呆《あき》れ顔になった。

「帰りたくなったから帰ったのでしょう。誰かとどこかで会う約束があったのかもしれんし、まあ、そいつが加害者ということは考えられますがね」

「はあ、それもそうですねえ」

言い負けて、照れたように笑う浅見を、刑事はばかにした目つきで見てから、引き揚げていった。

4

しばらくのあいだ、ぼうっと気の抜けたような時間が流れた。刑事が持ち込んだ写真の記憶と、その被害者がつい昨日の晩、そこのカウンターに坐《すわ》っていた情景とが重なりあって、〔ユリアンヌ〕の三人の女性を重苦しい気分にさせている。

浅見だけがひとり、気分の高まりを持て余しぎみだった。

「ちょっと早いけど、もう、今夜はお店、閉めましょうか」

穏代は溜息《ためいき》をつくように言った。二人の女性も「そうですね」と力なく頷《うなず》く。

「あの、追い出すみたいで申し訳ありませんけど、こんな状態ですから、カンバンにさせていただけますか?」

「ああ、いいですよ」

浅見は屈託のない口調で了解した。

「ただし、少しママに話を聞きたいのだけど、だめですか?」

「お話って、何のですか?」

知りませんよ」

「え？　だけど、そのことでしたら、さっき刑事さんに話した程度のことぐらいしか
「それでいいのです。それをもう少し、違った角度で話していただければ」

「違った角度って言われても……」

　穏代は迷惑な気持ちを隠そうともしないで、「じゃあ、疲れてますから、少しだけにしてくださいね」と、カウンターの椅子に横坐りして、長居されるのを防ぐためか、カンバンを強調するように、二人の女性に「先に帰っていいわよ」と言った。

「さっきの被害者ですが」と、浅見は二人の女性が立ち去るのを待って、言った。

「九時半ごろに来て、十時二十分に帰ったということでしたね」

「ええ、そうですよ」

「わりとはっきり時間を憶《おぼ》えているのは、何か理由があるのですか？」

「理由なんてべつにありませんけど……」

　穏代は記憶を模索するように、視線を左右に動かした。

「たぶん、たまたま時計を見たのじゃないかしら」

「お店には壁時計はありませんね。そうすると、腕時計を見たのですか」

「ええ、たぶん」

「ママはそのとき——つまり、あの男の人が来たときは、どこにいましたか？」

「あちらの席にいました。ちょうどカラオケで盛り上がっていたので、あのお客様が見えたときは美穂子に任せていました」

「カラオケで盛り上がっている最中に、時計を見たら、お客は白けませんか？」

「えっ？　当たり前ですよ、そんなことはしませんよ」

「そうすると、時計は見ていないことになりますが」

「それは、そのときは時計は見ていないですけど、あとで見ましたから」

「あと、というと？」

「十時に電話がかかってきて、そのときに見たんです」

「そのときはどこにいたのですか？」

「ですから、カラオケのお客様のところにいました。電話はそこのカウンターの端にあるでしょう。美穂子が呼んでくれて、それで電話に出たのです。そのとき、何の気なしに時計を見たら十時だったので、そうすると、あのお客様が見えたのは三十分ぐらい前だから、九時半ごろだったかなって、そう思っただけです」

「電話に出るときは、いつも時計を見る習慣ですか？」

「そんなことはありませんけど……その電話は、いつも十時にかかってくるので、なんとなく、無意識に確かめるつもりがあったのかもしれません」

「ほう、いつも十時にかかってくるのですか。誰からの電話ですか？」

「知りません」

「えっ？　知らないって、いつもかかってくる電話の相手が誰なのか、知らないのですか？」

「ええ、だってお名前を聞いたことがありませんもの。お訊きしてもおっしゃらないのですから」

「ふーん……用件は何なのですか？」

「それは……あるお馴染《なじ》みのお客様がいらしてるかどうかです」

「驚いたなあ、それを確かめるのに、わざわざママを電話口まで呼びつけるのですか？　馴染み客なら、来ているかいないかぐらい、ほかの女性でも分かりそうなものじゃありませんか」

「それは、あれですよ。そのお客様がいらしてないとき、私に伝言を頼むためにそうされるのです」

「あ、なるほど……」

浅見は両手を合わせ、如才のない番頭のようにこすり合わせた。抑えようとしても、しぜんに笑顔が浮かんでくる。

「それでいつも、同じ時間に電話がかかってくるのですね。僕もうちのお手伝いがやかましくて、いつも決まった時間に連絡しないと煩《うるさ》いのですよ。ところで、昨日の伝言は何だったのですか？」

「そんなこと……」

穏代は唇を窄《すぼ》めるようにして、言った。

「あなたに言わなければならない義務はありませんわ」

もうすでに、お客に対する口調ではなくなっている。

「なるほど、刑事さんになら話すというわけですか」

浅見は重々しく頷いた。

「しかし、刑事さんに喋《しゃべ》ると、そのあとが根掘り葉掘り、たいへんですよ。たぶん警察に任意出頭で呼ばれることになるのじゃないですかねえ」

「あなた、警察に知らせるつもりですか？　このこと」

「いや、そんなつもりはありませんよ」

「だったら、なんでそんなに、それこそ根掘り葉掘りお訊きになるんですか。あなたには関係ないことでしょう……」

「単なる好奇心……と言ったら叱られますかね。人一人殺されているのだから。しかし、関係のあるあなたが沈黙しているのよりは、ずっと良心的なような気がしますけど」

浅見は、ぼんやりした、表情のない目でママの顔を見つめた。

穏代の視線は焦点の定まらない状態で、落ち着きなく揺れる。不安を抱えているせいか、翳《かげ》りを感じさせるけれど、色白で細面の美しい顔立ちだ。

年齢は僕より少し下かな。結婚しているのだろうか。所帯染みた感じはないけれど、パトロンだとか恋人だとか、たぶんそういう関係の男がいるのだろうな――などと、浅見はいろいろ妄想がはたらいた。

「浅見さん……」

いきなり強い口調で呼ばれて、浅見はドキリとして、「はい」と姿勢を正した。

「あなた、いったい何を企《たくら》んでいるのですか？」

「は？　僕が？　企んでいる？……」

浅見は不意を衝《つ》かれて、言語障害を起こした。「目的は何か？」と訊かれたのならまだしも、「企み」とは穏やかでない。穏代の口からそんな過激な言葉が毒針のように飛んでくるわけは何か？――と、浅見は頭をフル回転させた。

「ははは……」

じきにその答えに思い当たって、浅見は仕方なく笑った。

「そうか、あのとき、彼女のボーイフレンドがあなたを廊下に連れ出して、僕のことを告げ口したのですね。つまり、越川夫人と知り合いだということを」

「そうですよ。あなたは隠しておられるつもりだったのでしょうけれど、悪いことはできませんわね。神様はどこかで見ているものですよ」

「まったくです。お店に彼女がいたときにはびっくりしました」

「おまけに、あのボーイフレンドは、じつは私の弟ですもの」

「えっ、そうなのですか……ははは、できすぎた話ですねえ」

「笑いごとではありませんよ。越川社長ご夫妻は、うちにとっても大切なお客さまなんですから。とても仲がよくて、お仕事も一生懸命なさってらっしゃるのに……そういうご家庭を破壊するようなことはやめていただきたいわ」

「破壊するなんてとんでもない。僕は破壊どころか、なんとか壊れないようにしてあげたいだけですよ」

「どうして……図々しいわねえ。あなた、とぼけないでください。裕美さんに不倫の現場を見られているっていうのに」

「不倫……」

浅見はあぜんとして、とっさには反論も出なかった。

「そうでしょう、不倫でしょう。それも、うちの店に来て、ご主人の前でいけしゃあしゃあと仲睦《なかむつ》まじくお喋りしたりして」

「驚いたなあ、不倫とはターフェルで僕が越川夫人と会っていたことを言っているのでしょうね。男と女と二人でいると、即、不倫ですか。そうすると、あなたと僕はいま不倫の最中なんだ」

「ばかなことをおっしゃらないで」

穏代は慌ててスッと身を引いた。

「こういう、込み入った話をしているときは問題にはなりませんよ」

「ほら、それなら越川夫人と僕の場合も込み入った話をしていたのですから、問題にならないじゃないですか。それも、ご主人に知られては具合の悪いことだから、ここで会っても知らん顔をしていたのです。赤山さんでしたっけ、彼女が見ている前ですからね、僕も演技に苦労しましたよ」

浅見は笑いながら言ったのだが、穏代はニコリともしない。

「社長さんに知られては具合が悪いって、何なのですか？」

「それをお話しすれば、あなたのほうも話してくれますか？」

「話すって、何をですか？」

「刑事には隠していたことをです」

「そんな……刑事さんに何も隠してなんかいませんよ」

「隠しているじゃありませんか。たとえばいまの電話のこと」

「それは必要ないから……事件に関係ないし、それに、訊かれなかったから言わなかっただけです」

「というと、警察には明日にでもお話しになるわけですね」

「ですから、訊かれれば話しますよ」

「まあ、警察もいずれそこに気がついて、訊きに来るとは思いますが、そうなると、必然的にもう一つのことも話さなければならなくなります」

「もう一つのこと？　何ですか、それ」

「もちろん決まっているでしょう。伝言の電話なのですから、伝言は伝えたかどうかということです」

「……」

稔代は何かに思い当たったのか、一瞬、痛いように顔をしかめた。

「どうしました？　伝えたのでしょう？」

「ええ、伝えましたよ」

「つまり、伝言の相手の人から電話がかかったのですね？」

「ええ、そうです」

「それが十時二十分ごろ。そして、電話を切って間もなく、きょうの事件の被害者である山田というお客は帰っていった——そういうことではありませんか？」

「えっ、ええ、まあ……」

穏代が浅見を見つめる目に、未知なるものに対するような、畏《おそ》れの色が浮かんだ。

「その電話の内容を、山田氏は傍で聞いていたわけですね」

「ええ、でも、内容というほどのことはない、ほんの短い伝言ですよ」

「どんな内容ですか？」

「そんなこと……ですから、事件とは関係ないし、あなたに言う必要はありません」

「どうしてもですか」

「どうしてもです」

「そうですか……それではしようがありませんね。諦《あきら》めます」

浅見が鉾《ほこ》を収めると、穏代は反撃に転じて、「今度はあなたの番です」と言った。

「企みの内容を教えてください」

「ははは、まだ企みなどと……いいですよ、お話しします。じつは、越川夫人の知り合いの戸田という人物が、白井信吾氏を尾行中に失踪《しっそう》しましてね、すでに一ヵ月半以上、経過しているのです」

「えっ、白井さんを？……」

穏代の目が点のようになった。浅見は、その表情から彼女の内面の動きを読み取ろうとした。

「目は口ほどに物を言い」というが、人間の表情――とくに目の動きは、面白いようにその人の思考を伝えてくる。怒りや喜びで目の形が変化するし、目の色、艶《つや》、焦点、視線のブレ、瞬《まばた》きの頻度など、心の奥底の葛藤《かっとう》をそのまま信号に変えて送り出しているようなものだ。

穏代は「白井」という名前に明らかに強い反応を示した。嘘発見器なら、さしずめ大きく揺れたグラフを作図するにちがいない。浅見は〔ユリアンヌ〕にかかった電話の伝言相手が白井信吾であることを確信した。

「白井さんを尾行していたって、白井さんが何か悪いことでもしたのですか？」

穏代は辛うじて質問してきた。

「それは分かりません。ただ、越川夫人はご主人の最近の行動に不審を抱いて、それが白井さんの影響によるものであると思い込んだのですね。そのことはともかくとして、戸田氏が行方不明になっていることは事実です。それも一カ月半となると、安否が気遣われるでしょう。かといって警察や探偵社におおっぴらに捜索を頼むわけにもいかない。それで、ある人を介して僕に戸田氏の行方を捜してくれるよう、依頼してきたのです」

「そう……だったんですか……」

穏代は肩を落とした。

「ところで、さっきの電話の伝言の相手ですが、白井信吾さんですね？」

「……」

「奇妙なことですが、さっきの話の中で、越川さんは白井さんがすでに東京へ帰ったと言っていました。本当にそう思っているのか、それとも春恵夫人の手前、そういうことにしているのか、どちらにしても、おかしな話だとは思いませんか？」

「そうですね……」

何げなく頷《うなず》いて、すぐに気づいて「あっ」と口を押えた。語るに落ちた——というやつだが、浅見は真顔のままでいた。

「僕は白井さんに札幌のホテルで会って、あの人が少なくとも一昨日《おととい》までは札幌にいたことを知っているのですよ」

「分かりました」

穏代は観念したように言った。

「あなたの言うとおりです。伝言を頼まれた相手は白井さんです」

「伝言の内容は？」

「それは……」

最後のあがきのような逡巡《しゅんじゅん》を見せてから、

「こうおっしゃったのです。『明日は午後八時九分だ』と」

「午後八時九分……それだけですか？」

「それだけです」

「どこで——とか、そういったことはぜんぜんなしですか」

「ええ」

「それで、そのとおりのことを白井さんに伝えたのですね？」

「ええ」

「それで、白井さんはどう言いました？」

「べつに……いつものことですから」

「えっ、いつもそういう内容の伝言なのですか？」

「ええ、何時何分という、それだけを伝えれば分かるって……最初のときは、どこでとか、そういうことはいいのですか、とお訊《き》きしたけど、いいんだって言われて。だから、きっと千歳のフライトの時刻かなと思っていたのですけど」

「なるほど……しかし、白井さんがその言伝《ことづ》てを聞いて、まったく何も言わないということはないでしょう。たとえば、ありがとうぐらいは言いそうなものです」

「ああ、それはおっしゃいますよ」

「昨日はどうだったのですか？　どんなことを言いましたか？」

「べつに……ただ、どうもありがとうっておっしゃいましたけど」

「それだけですか？　ほかに何か言ってませんか？　思い出してください」

「……そうですねえ、あのときは加奈ちゃんが歌っていたかな……賑《にぎ》やかそうだねっておっしゃったわ」

「それから？」

「今夜は行けないって」

「それから？」

「そんなところですよ」

「それはおかしいですね」

「おかしいって……じゃあ、嘘をついているって言うんですか？」

「いや、嘘とは言いませんが、まだほかにもあるはずでしょう。たとえば、あなたがふだんより声を抑えたような話し方をしている点について、どうしたのかとか、近くに誰かいるのかとか、訊きそうなものです」

「どうして……」

穏代は、また化け物でも見たような目になった。

「ええ、たしかにそう訊かれました。目の前にあのお客さんが坐《すわ》っていて、何となくいやな感じがしたので、後ろ向きになって、小声で話したんです。カラオケがうるさいから、けっこう大きな声でしたけど、やっぱりふつうの声とは違ったのでしょうね、傍に誰かいるのかって訊かれました」

「それで？」

「いると言いましたよ。名前を訊かれたから、山田さんていう人だって答えました。それから、いまどちらですかって訊いたら、札幌のどこだかよく分からない場所の公衆電話からかけているって……」

いったん喋《しゃべ》りはじめると、もはや、歯止めを失ったように、穏代は自ら進んで話してくれる。そうしないではいられない不安が、彼女にもあるのだ。それを感じるだけに、浅見は責任の重さを思わないわけにはいかない。

「あの……白井さんは、何かよくないことに関わっているのでしょうか？」

穏代は縋《すが》り付くような目になって言った。

浅見ははじめてこの女性を歳下であると実感できた。

第五章　北の街の構図

1

浅見が〔ユリアンヌ〕を出たのは、かれこれ十一時近かったのだが、ススキノの街はまだ賑わっていた。どの店もあかあかと灯をともし、男たちの陽気な歌声や女たちの嬌声《きょうせい》が溢《あふ》れ出てくる。

とはいえ、やはり「北の街・札幌」である。吹く風は氷の針のように皮膚を刺す。人々は背を丸め、コートの襟に顔を埋《うず》めるようにして、家路を急ぐ。

浅見は伊達《だて》の薄着のようなブルゾン姿だから、なおのこと寒さが身にしみた。いまさら悔やんでも始まらないが、札幌に来るにはふさわしくない軽装であった。そのくせ、負け惜しみのように背筋を伸ばして堂々と歩く。ポケットに手を突っ込むのも片方だけにしている。べつに気負ってそうするのではなく、「背筋を真っ直ぐに」というのは、幼時に父親に躾《しつ》けられた影響である。

地下鉄の階段に入ると、街の喧騒《けんそう》も北風もふっと遠のいた。浅見は天井にひびく足音を思考のリズムのように聞きながら、ゆっくりと階段を下りていった。

戸田亘が白井信吾を追って札幌に来て、ホテルのチェックアウトを最後に消息を絶った——という浅見の話に、穏代は動揺していた。どうやら彼女は、白井がどういう素性の人間であるのか、まったく疑うことなく付き合ってきたらしい。そればかりでなく、穏代との会話を通じて、彼女が白井を単なる店の客としてでなく、愛情の対象として心に留めている様子が伝わってきた。

越川春恵がそうであるように、女性は疑惑や不信ということについては動物的に敏感だが、その一方で、自分の好みや思い込みや愛情が作用すると、見える物も見ない、聞く耳も持たない——といった、頑迷そのもののような状況に陥ることがよくある。相手がどんなに悪人であろうと、ときには、騙《だま》されていることを承知の上で、なおその男に身も心も捧げてしまうケースも少なくないのだ。

立花穏代が、いまその一歩手前の状態にある——と浅見は危惧《きぐ》した。

かといって、彼女に白井信吾のことをあしざまに言ったり、「警戒しなさい」などと言えるほど、浅見自身にも何のデータもありはしない。白井が戸田の失踪《しっそう》に関わっているのか、いわんや「山田」の死に関係があるのかなど、すべてまだ闇の中のことである。

ことによると、白井という人物は、越川伸夫が信頼しているように、真に立派な人格者なのかもしれない。少なくとも、ポロ・エンタープライズや〔ユリアンヌ〕にとっては、白井は恩人であり、いまも、もっとも頼りになる存在であることに変わりはないのだ。

しかし、そういう事実は認めるにしても、白井に対する疑惑が深まりつつあることは間違いなかった。

戸田亘の失踪と、盗聴テープにあった「やくも」と、八雲町で謎の水死を遂げた大山土現所長と――それらが一本の糸で繋《つな》がっているとしたら、そのいずれにも白井には接点がありそうだ。

それに加えて、新たに〔ひかり公園〕の事件が発生した。〔ユリアンヌ〕に電話で、白井への伝言があったとき、そこにいた「山田」と名乗る人物が不審な死を遂げたことは、白井への疑惑を決定的なものにした。

「山田」が、〔ユリアンヌ〕の客であったことは、刑事が言っていたように、あまり意味のない、単なる巡り合わせであるとは、浅見には思えない。あれは白井信吾と何らかの関連がある出来事なのだ――と、確信に近いものがすでにあった。

それにしても、いったい、白井信吾とは何者なのだろう――？

越川夫妻も〔ユリアンヌ〕の穏代も、白井のことを有能なビジネスマンであり、頼れる人物であると認識していることは間違いない。それも、昨日や今日の付き合いではないのだ。東京にいたころから、十年を超える付き合いの中から生まれた信頼である。したがって浅見の知識もそれ以上を出ることはなかった。

しかし、大同プロモーションの社員——という表の顔のほかに、白井には何か得体の知れぬ本性が隠されているような気がしてならない。

地下鉄南北線すすきの駅から乗って、大通駅で東西線に乗り換え、二つ目の西18丁目駅で降りる。そこから歩いて十分あまりのところに桑園シティホテルはある。ちょっと不便だが、その代わり料金は安い。

浅見は部屋に戻ると自宅の兄の書斎に電話した。警察庁のデスクに繋がるホットライン同様、家族と役所のごく一部の人間しか知らない番号である。

もう寝たかな——と思ったが、ベルを一つ聞くと、すぐに受話器が外れた。

「なんだ、光彦か、珍しいな」

仕事中を邪魔したはずだが、陽一郎はあまり不機嫌そうな感じではなかった。弟が真夜中に電話してくるのには、それなりの理由があると認めてくれているのだろう。それになにより、夜中でもなければ摑《つか》まらない人間であることを、本人も弁《わきま》えているはずだ。

「ちょっと頼みたいことがあるんです」

「ふーん、面倒なことか」

「いや、兄さんにとってはたいしたことじゃないけど、民間人の僕には難しい」

「というと、データの検索か」

さすがに鋭い。

「大同プロモーションという会社の白井信吾という人物について、経歴などを調べてもらいたいのです」

「理由は？」

「理由は……まだはっきりしたことは言えないけど、ある人物の失踪に関係している可能性があるんです」

「ある人物とは？」

「それを話さなきゃ、だめでしょうね？」

「まあね」

浅見は戸田亘の「失踪」に関する部分だけを、かいつまんで話した。

「ただし、戸田氏の失踪が白井氏と直接関係があるかどうかは分かっていませんよ」

「なるほど……一応、調べてみよう。それで情報を提供しても差し支えなければ教える。それで、きみはいまどこにいるんだ？　札幌へ行ったと聞いたが、ずいぶん長い旅行じゃないか」

「いまも札幌です。札幌の桑園シティホテルというところに泊まってます。ほんとはきょうチェックアウトするつもりだったけど、成り行きで、そうもいかなくなりそうです。とにかく、兄さんからの情報を待っています。懐がだいぶ寂しいので、なるべく急いでくれませんか」

「強引なやつだな」

陽一郎は含み笑いを漏らして、「まあいいだろう、なるべく早くやってみるよ」と電話を切った。

本気でやるつもりがあるのかどうか、あの口ぶりでは分からないが、兄を信じるほかはなかった。

バスを使い、テレビをつけてみると、ローカルニュースで札幌市議会の模様を報じていた。サッポロドーム問題で質疑応答があったらしい。たいした内容のあるニュースではなさそうだ。

浅見としてはそっちのほうはどうでもよく、東本願寺裏の〔ひかり公園〕事件のことが出るのを期待したのだが、放送時間が短い関係なのか、それともニュースとしては、あまり重大に扱われていないのか、最後まで放送されずじまいだった。

ベッドにひっくり返ると、札幌に来てからの出来事が、暗い天井をスクリーンのようにして、次々に浮かんでは消える。越川春恵、徳永老人、立花穏代、白井信吾……といった人びとの顔や、八雲町の風景などが、とりとめもなく流れていった。

翌朝の新聞に〔ひかり公園〕の殺人事件が載っていた。夕刊の続報のようなものだが、北大植物園の事件と似た点の多いことに触れ、警察も双方の関連について関心を抱いているといった、曖昧《あいまい》な形で報じている。いずれにしても、市街地の真ん中で続けざまに凶悪事件が発生していることに、捜査当局は重大な危機感をもって臨む──のだそうだ。

新聞は別枠を設けて、このところ、全国的に見ても殺人事件を含む凶悪犯罪が続発していることについて特集していた。

その記事でも指摘しているのは、明らかに拳銃《けんじゅう》による欧米型の事件が急増している点である。この日の紙面にもいくつかの事件が報じられている。

福岡で暴力団幹部が入院している病院に銃弾が撃ち込まれた事件。大阪で信用金庫を狙った拳銃強盗事件。栃木では会社社長が射殺された事件──など五件の事件が昨日一日に発生していた。

憂慮しなければならないのは、拳銃を使用した事件が、必ずしも暴力団やプロの殺し屋といったものでなく、一般人によって引き起こされるケースが多くなっている点である。東京・品川《しながわ》区内の青物横丁《あおものよこちょう》の駅で起きた医師射殺事件の犯人は、日常生活ではまったくふつうのサラリーマンであった。

冷戦の終結とともに、用途を失った武器が大量に余っている。にもかかわらず、各国の武器製造工場は惰性のように武器の製造をつづけていることだろう。とくに、ロシア、中国などの規律を失った軍隊や軍人から横流しされる武器・弾薬は膨大な量だ。金持ち国日本が、その魅力的なマーケットになっていくことは間違いない。一説によると、トカレフ型拳銃一丁と中古車一台とが等価交換されるのだそうだ。拳銃と中古車——それぞれ行き場をなくした物同士といった背景がそこにはある。

暴力団が拳銃で武装されはじめると、際限なくエスカレートする危険性がある。より性能のいい拳銃から自動小銃へ。さらには手榴弾《しゅりゅうだん》、バズーカ砲といった強力な殺戮《さつりく》道具へと、戦力を高めたくなるにちがいない。とくに、蛇頭《スネークヘッド》など、外国の凶悪な組織が上陸してくれば、日本のヤクザ側としてもそれに対抗できるだけの武装が必要になってくるだろう。その流れを食い止めないと、警察の脆弱《ぜいじゃく》な武器では抑えきれなくなるかもしれない。

新聞記事はいくぶん誇張した論調であるとはいえ、銃器を使用した犯罪の激増傾向に警鐘を鳴らしている。

浅見も兄とその問題について論じることがある。浅見は拳銃を使用した犯罪については厳罰主義でいくべきだ——と主張する。拳銃の不法所持なども、従来以上に罰則を強化すべきだ。拳銃の使用はそのまま他人の殺傷に繋がる。使用した場合には、ほかの犯罪よりも量刑を加算し、死刑を含む重刑を科するように法律を改正して、事犯の増加に歯止めをかけなければならないのではないか――というのが浅見の考えだ。

「いまの警察は、連中にナメられきってますよ。そんなことでは市民が警察を信用できなくなる。それこそアメリカのように、自ら武装して自衛しなければならないといった危機意識を持つようになりかねませんよ。暴力団はとっくにそうしているし、一般市民はともかく、金融機関やコンビニ、レストランといった、強盗に狙われやすいところでも、その必要性を実感しているのじゃないかな。国と違って、市民生活では非武装中立だなんて、呑気《のんき》なことは言ってられませんからね」

陽一郎は弟の極論を、ただ笑って聞いているだけだが、警察庁幹部としてはまさに痛いところを衝《つ》かれた――という気持ちだろう。刑法改正となると、難しい問題だし、現行犯ならともかく、事前の摘発などは人権問題が絡んで、絶対反対論者が抵抗するであろうことは目に見えている。といって、一方では銃器使用の犯罪は急増するし、このままでは百年河清を俟《ま》つどころか、座して死を待つことになりかねない。

「きみに言われるまでもなく、われわれとしても対応を考えているよ」

最後の最後になって、陽一郎は弟に反論していた。

「凶悪犯罪の増加は日本ばかりではなく、世界的な問題となっているからね。各国の警察組織が協力して動いている。いずれ、何らかの形で抑止策が講じられるはずだよ」

なんだか第三者のような言い方が気に食わないが、たとえ身内同士といえども、それ以上のことを言えないのが官僚の辛《つら》いところかもしれない。賢兄が言うのだから、たぶん何か腹案があるにちがいない——と思うほかはなかった。

2

フロントに宿泊の延長を申し入れると、ホテルは歓迎してくれた。このところ、札幌出張も日帰りで——というのが増えて、ビジネスホテルの営業は必ずしも順調ではないらしい。おまけに、中央資本のシティホテルがどんどんできて、ホテル間の競争が激しくなっているのだそうだ。

遅い朝食をすませて、浅見は東本願寺裏の事件現場へ行ってみた。

この辺りは札幌の中心街の一角だが、大きなビルなどは少なく、幼稚園やマンションなどの合間に一戸建ての住宅があったりもする。事件現場である〔ひかり公園〕は三百坪程度のスペースで、どこの街にもありそうな、ごく一般的な緑地公園のようなものだ。南北を挟む道路に面していて、それぞれから出入りできるが、まだ立入り禁止のロープが張られていた。

北大植物園の事件現場と共通した印象があるのは、大きな樹木が天を覆っている風景のせいかもしれない。

（位置関係はどうなのだろう？——）

浅見はふと気になって、札幌の市街地図を広げた。〔ひかり公園〕はまさに北大植物園の真南にあった。直線距離にしておよそ千三百メートルほどだろうか。札幌市街の区画はほぼ碁盤の目のようなものだから、道路を歩いてもほとんど同じ距離と考えていい。

住居表示でいうと、北大植物園の現場は北3条西10丁目《きたさんじょう》、〔ひかり公園〕は南8条《みなみはちじょう》西《にし》9丁目にあたる。

（この双方の、やや似通ったような位置関係にも、何か意味があるのだろうか——）

地図を畳みながらぼんやり考えていて、浅見はふいに閃《ひらめ》くものがあった。

それから急いで公衆電話を探し、電話帳で調べて、立花稲代のマンションに電話した。

受話器が外れると、穏代の警戒したような声が「はい」と答えた。

「浅見です、昨日はどうも」

「ああ、浅見さん……」

ほっとした気配がケーブルから伝わってきそうだ。

「ちょっとお訊《き》きしたいのですが、先週の木曜日、一昨日《おととい》の晩と同じような、白井さん宛の電話がかかりませんでしたか？」

「かかってきました。白井さんがいらっしゃるときに」

「なんていう電話でした？」

「それは、すぐに白井さんに代わりましたから、知りませんけど」

「白井さんが電話でなんて言っていたか、分かりませんか？」

「ああ、それは、時間のことは言ってました。復唱っていうんですか、いつもそうしていらっしゃるし」

「そのとき、何時何分て言ったか、憶《おぼ》えていませんか？」

「えーっ、そんなの、憶えていませんわ」

「ぜんぜん憶えていませんか？」

「だめですよ、私、記憶力が悪いんです」

「いや、そんなことはないでしょう。集中して思い出せば必ず出てきます。たとえば、午前か午後か……午前じゃありませんか？」

「ええ、それは午前でした。だから最初、ああ金曜日の午前の便でお帰りになるんだな——って思いましたもの。でも、そうじゃなかったんですけどね」

「え？　そうじゃなかったって、どうして分かるんですか？」

「うっかり聞き流しそうになって、千歳空港のフライトの時刻にしては、目茶目茶に早い時刻でしたから、すぐにそうじゃないって……」

「それは何時でしたか？」

「ですから、そこまではちょっと……」

「たぶんそれは、午前三時十分だったと思いますが、違いますか？」

「え？……あら、そうだわ。ええ、そうですよ、午前三時十分でした。でも、どうして分かるんですか？」

「その晩……」と、浅見はいったん呼吸を整え直してから、言った。

「えっ？……」

「その晩、北3条西10丁目で殺人事件がありました」

「それから、昨日の殺人事件は南8条西9丁目のひかり公園で起きています」

「あの、それが何か？……」

「つまり、北が午前で南が午後です」

「あっ……」

　穏代は小さく叫んだきり、声が出ない。

「偶然の符合にしては、あまりにもぴたりとしすぎていると思いませんか」

「え、ええ……でも、そうすると……いやだわ、まさか白井さんが……」

「いや、こうなったからには、白井さんが何らかの形で事件に関係していると考えるべきでしょうね」

「でも、白井さんがそんな殺人事件なんかに……そんなことはありませんよ。絶対に何かの間違いですよ。いえ、やっぱりこれは単なる偶然の一致でしかありませんよ」

「そうであることを祈りますが、しかし、現実は真っ直ぐに見なければいけません」

「それにしたって、ばかげてますよ。あの白井さんが殺人だなんて」

「ははは、白井さんが犯人だなんて言ってませんよ」

「でも、浅見さんの言うとおりだとすると、そうとしか思えないじゃありませんか。それに警察だって……」

「警察がどうかしましたか？」

「いえ、あれは違うと思うけど……電話があったんです。一昨日の昼。うちに、白井さんがいないか、いるだろうっていう。その人が警察だって言ってたんですけど、でも、あれは違いますよ、警察の人じゃないと思いますよ、きっと」

違うと言いながら、穏代は背後から不安に追いかけられているような、自信のない声であった。

「どうしてそのことを……そんな重要な話を昨夜は黙っていたんですか」

「だって、言う必要はないと思っていましたもの」

稔代は強く反発した。その口調から、浅見は彼女が白井を庇《かば》っていると、はっきり感じた。

「その電話の男は、あなたが言ったとおり、警察の人間なんかではなさそうですね。だとしたら、白井さんにとっては危険人物ということになる。ひょっとすると、あなたを白井さんと関係のある人物と見て、脅しをかけているのかもしれない。その男の声はお店に来た——つまり殺された山田という人物の声とは違いましたか？」

「たぶん違うと思いますけど、電話の声ですから、はっきりしたことは分かりません」

「それじゃ、少なくともあと一人は山田の仲間が存在しますね。しかも、何かの理由で白井さんを狙っていると考えたほうがいい。ほかにも何人か……いや、ひょっとすると組織かもしれないな」

「組織って、暴力団ですか？」

「おそらくそんなものでしょう」

「でも、その山田っていう人を、白井さんは逆に殺しちゃったんでしょう？」

「困った人だなあ。何度も言いますが、白井さんが犯人かどうかは分かりませんよ」

「だけど、白井さんでないとすると、いったい誰っていうことになるのかしら？」

「白井さんの仲間かもしれませんね。たとえば白井さんに伝言を頼んだ人物……しかし、白井さん自身である可能性もぜんぜんないとは言い切れません」

電話の向こうで穏代はまた絶句した。浅見もしばらくは沈黙した。

「もしもし、浅見さん」と、穏代が不安そうに言った。

「はい」

「ああよかった、いなくなっちゃったのかと思った……」

電話が切れた——ではなく、いなくなったという言い方に、穏代の心細さが滲《にじ》み出ていて、浅見はますます彼女を見捨てるわけにはいかない気分になった。

「浅見さん、いったい、何が起きているんですか？　そんなに何人もの人が殺されたり、白井さんが追いかけられたり、変な電話があったり……まるで映画かテレビのサスペンスドラマみたいじゃありませんか。何かの間違いか、そうでなければ夢でも見ているのかしら」

「いや、これは間違いでも夢でもない、現実に起きていることですよ」

浅見は静かな口調で言った。

「どんなに平凡な生活を送っている人も、突然、事件や事故に巻き込まれることがある。僕たちがテレビや新聞で、他人事《ひとごと》として傍観している事件が、自分たちの上に降りかからないという保証はないのです。平穏に暮らして、イヌを可愛がっていた主婦が、ある日突然、イヌの訓練士と称する親切な男の手にかかって殺されるなんて、誰も予想できませんよ。この世の中、自分だけは——などと安心してはいられないのです」

「分かりました……」

稳代は溜息《ためいき》をついた。

「でも、これから先、どうしたらいいんですか？」

「一つの選択肢は警察に行って事情を話すことですが」

「いやですよ、それは！」

穏代は言下に強く拒絶した。

「白井さんを密告するような真似は、できっこありませんよ。浅見さんだって、それだけはしないっていう約束ですからね。忘れないでください」

「もしかして、白井さんの身に危険が迫っているとしてもですか？」

「ええ、どんなことがあっても……でも、ほんとに危険なんですか？」

「現実に人が二人も死んでいますからね。危険でないはずはないでしょう」

また少し、重苦しい沈黙が流れてから、穏代は訊いた。

「もう一つの選択肢って、何なのですか？」

「白井さんを直接助けてあげることです」

「助けてあげるって……私がですか？」

「そんな、助けるなんてこと、私にできるはずがないですよ」

「僕が力を貸します」

「でも、どうやって？」

「とりあえず、白井さんに会うのが先決ですね。白井さんの居場所は分かりませんか？」

「分かりません」

「それじゃ、もし白井さんから電話があったら、どこにいるのか、訊《き》いておいてくれませんか」

「電話があるかしら？」

「ありますよ、必ず。白井さんの性格としては、あんな事件があった後ですからね、あなたがどうしているか、心配でないはずはないのです」

「そう、でしょうか……でも、居場所を訊いたって教えてくれないと思うけど……」

「いや、あなたになら教えるはずです」

「だめですよ。白井さんて、わりと冷たいところがあるんです」

穏代の言い方には苦渋のようなものが感じられた。白井とのあいだに何かがあったことを思わせる。

「ユリアンヌを伝言の連絡場所に選んだほどだから、白井さんはあなたを信じていると思うのですがねえ」

「ええ、それは私もそう思っていましたけど、でも、完全に心を開くところまでは信じてくれないんですよ。詳しいことは知りませんけど、奥様と別れたときに、何か辛《つら》いことがあったのじゃないかしら」

「そうですか、そんなことがあったのですか……」

そういう男女の機微に触れるようなことになると、どうも浅見の手に負えない。

「もしだめだったら、午後八時九分の謎を解いたことを話してみてください」

「えっ、そのこと、言っちゃうんですか？　もし関係なかったらどうしましょう」

「ちょっとしたギャンブルですが、やむをえません。外れても損をするわけじゃないし、むしろ喜ぶべきじゃありませんか」

浅見の陽気な言い方に釣られるように、穏代は「それはそうですけど」と呟《つぶや》いた。

「ただし、その場合、僕のことは伏せて、あなた自身が発見したことにしておいたほうが無難かもしれませんね。そこまで知られていると分かれば、白井さんは態度を変えるはずです」

「分かりました、そうしてみます」

ようやく決心がついたように、穏代は言った。

「でも、それで、その後は？」

「その結果を僕に教えてください。それから先どうするかはそのときに考えましょう。それでいいですね？」

「え？　ええ、いいですけど……」

電話の向こうの、穏代の気持ちのゆらめきが手にとるように分かる。

「でも、どうして？……浅見さんがそんなにのめり込むのは、どうしてなんですか？　あなたには関係のないことなのに」

「それは……まあ、越川夫人に頼まれたという義務感からでしょうね」

「でも、義務感だけで、ふつうそこまでするかしら？　ひとが殺されるほどの、とても危険なことなのに。失礼ですけど、越川さんの奥さんからいただくお金って、よほどの大金なんですか？」

「ははは、奥さんのヘソクリから、そんなに大金は出せるはずがありませんよ。いただいたのは札幌への旅費だけです。ただし、もう完全に足が出ましたけどね」

「でしょう。だのにどうして？……」

「そう訊かれると困りますね」

まったく、浅見自身、はっきりした答えが出ない。

「なぜ山に登るのか――っていうのと同じかな。義を見てせざるは勇無きなりともいいますが、そんなかっこいいものではなく、単なる好奇心かもしれません」

「じゃあ、危なくなったらすぐに逃げ出しちゃうんですか?」

「うーん、それも山登りと同じかなあ。多少の危険があっても、途中から引き返せなくなるっていうの、あるじゃないですか。しかし安全には気をつけますけどね」

「なんだか……」と、穏代はけだるい笑いを含んだような声で言った。

「浅見さんて、真面目なのかいいかげんなのか、分からなくなりました」

浅見が何か反論しようと考えているあいだに、「じゃあ、失礼します」と電話を切られた。

3

例の「黄色い喫茶店」に電話して、マスターに訊くと、徳永老人はまだ来ていないが、もうそろそろ現われるだろうということであった。

徳永に会うには、そこで待つほかはないのである。自宅にはいつ帰るか分からないと本人は言っている。電話でアポイントを——と言うと、「うちには電話はない」とすげなく言われた。まさかとは思うが、嘘だろうとも言えない。徳永は昼はあの喫茶店に入り浸っているらしいから、時間がかかるとしても、とにかくそこに行けば会えることだけは確かだ。

〔ひかり公園〕から裏参道の黄色い喫茶店まで、二キロあまりのところを三十分ほどかけて歩いた。中央区役所のところで左折して、西へ向かうと間もなく、市電の通りを横切る。その辺りの一角には札幌《さっぽろ》医大《いだい》病院、逓信《ていしん》病院などの建物が並ぶ。公園や保育園、学校など樹木の多いところだ。そこを通り過ぎると裏参道である。

今日も、黄色い喫茶店は相変わらず閑古《かんこ》鳥《どり》が鳴いていた。ドアを開けると、マスターより先に徳永が「やあ、来ましたな」と言った。

マスターから九十歳以上ではないか——と聞いたせいか、顔の色艶《いろつや》はさほどでもないが、首の辺りの皮膚の弛《たる》みなど、たしかにかなりの老齢を思わせる。それにしても、若いことは確かだ。

「わしの来るのを待っていたようだが、何か見つけてきたのかな？」

浅見が坐《すわ》るのを待ち兼ねたように、徳永は話を催促した。

「徳永さんがおっしゃっていた『割り付け』の実態を調べているうちに、函館土木現業所所長の大山氏をめぐる道水産部の汚職事件というのを知りましたが、徳永さんはその事件のことをご存じですか？」

「もちろん知っているとも。あれは、わしの言った『割り付け』の典型的なケースといっていいものですよ」

「その土現所長が自殺した八雲町へ行ってきました」

「ほう、八雲へ行ったか……あんたも本気でやる気になってくれたようですな」

徳永老人は感心したように言って、顔をほころばせた。正直をいえば、八雲の事件を知ったのは、偶然の産物、怪我の功名のようなものだが、浅見はそのことは黙っているつもりだった。

「警察は大山氏は遊楽部川に飛び込んだのではないかと推測しているようですが、あの八雲町の穏やかな川で自殺するというのは、どう考えても暴挙ですね」

「ははは、暴挙かね。面白いことを言う」

「あの浅瀬の多い遊楽部川に飛び込んで、無事に海まで流されたのは、かなりの幸運といっていいと思いました」

「しかし警察はそうは思わなかったよ」

「そのようですね。札幌中央署へも行きましたが、土現所長の死で、結果的に原野という土現技術部長が不起訴になったそうです」

「そういうことだ。原野逮捕までは警察も検察もかなりのところまで迫ったように見えたが、土現所長が死んだのを転機に、事件捜査は立ち消えになってしまった」

「現場の刑事は不満だったようですよ」

「ふーん、不満な者もいましたか。まあ、かりに何人か不満な者がいたとしても、それでどうにかなるというものでもない。警察というところはな」

「そうでしょうか」

浅見はまた兄の代弁をするように、反論した。

「僕は必ずしもそう悲観的には思いません。きっかけさえあれば、有能な捜査員はそれなりの働きをするはずです」

「きっかけか……そのきっかけを、あんたが与えてやるとでも言うのかね」

「できればそうしたいと思っています」

昂然《こうぜん》と言い放ったので、徳永はびっくりしたように目を大きく開けた。それから「ふふふ……」とおかしそうに笑った。ばかにして笑うのではなく、好意的な顔である。もっとも、それは、老人が孫のいたずらをいとおしむような感じではあった。

「浅見さん、あんたはわしの見込んだとおりのおひとですな。わしの直観もまだまだ捨てたもんではないらしい」

老人は言って、「なあマスター」と振り返った。マスターはニヤニヤ笑いながら、コーヒーを淹《い》れる手を休めずに「やっとですね」と言った。

「ああ、やっとだ。しかし、そうそういいカモに巡り会えるものではないさ」

「カモですか……」

浅見は苦笑した。

「そのカモに何をさせるつもりですか。サッポロドームの疑惑についてては、徳永さんのほうが詳しいし、函館土現所長の道水産部の汚職事件を書きたくても、まだ論評できるほどの知識はありませんが」

「もはや論評の段階ではない」

徳永は怖い顔になった。

「サッポロドームという砂糖に群がる、腹黒いアリどもを叩《たた》きつぶすことで、札幌を、いや北海道を中央管理体制から解き放つことがわしの願いです。サッポロドームのゴタゴタは、その千載一遇のチャンスといえる」

「ということは、具体的にいうと、つまり、北海道開発庁などの廃止まで目指そうというお考えですか」

「そのとおり……いや、もっと先のことも考えておる」

徳永の言う「先のこと」とは、ことによると道州制といったようなものを指しているのかもしれない。

「しかし、国の開発資金が北海道を潤していることも事実だと思うのですが」

「それもまた、残念ながら、そのとおりと言うほかはありませんな」

徳永は疲れたように苦笑した。顔面に浮いた老人特有のシミと皺《しわ》が目立って、急に歳相応に老けて見えた。

「それがあるだけに、北海道の人間は誰ひとりとして——そう、マスコミさえもわしの意見に耳を傾けようとはしてくれない。たとえ開発資金の一部が事実上は中央の権力に還流されていると分かっていても、莫大《ばくだい》な金まみれの餌に背を向けることができない。あたかも国内植民地か、飼《か》い馴《な》らされたヒグマのごときものだ」

吐き出すような激しい口調だった。「飼い馴らされたヒグマ」という言葉に、老人の無念の想いが凝縮されている。

（何もそこまで思いつめなくても——）と、浅見などは正直、思ってしまう。徳永のような考え方ははっきりいって異端なのではないだろうか。少なくとも北海道の政界や財界にとっては、この依怙地《いこじ》な老人は困った存在にちがいない。

そう思う一方で、八十年か九十年かはともかく、その生涯のぎりぎりの晩年を、自分の理想とする北海道の実現に情熱を燃やす徳永の姿に、感銘を覚えないわけにいかなかった。

「国による管理体制が、経済的メリットを施すというだけでことが済めば、さほどの問題はないかもしれんのですよ、浅見さん」

徳永は浅見の心理の動きを読んだように、穏やかな口調に戻って言った。

「しかし、あんたが自分の目で確かめたように、北海道の人間は開発庁や開発局の意図するままに、まさに飼い馴らされてしまった。割り付けのごとき違法行為が、当たり前のこととしてまかり通っているのは、その象徴といっていい。国からの資金が『開発』という美名のもとに北海道の大地に蒔《ま》かれ、収穫され搾取されるシステムが、なんら疑いもなく行なわれている。その恩恵を被っているのはごく一部の人間で、大多数の人びと――一般のサラリーマンも農民も漁民たちも、営々として日々の暮らしを守っているのですぞ」

浅見の脳裡《のうり》には、八雲町の簡素な町並みと美しい田園風景や海岸線が蘇《よみがえ》った。

「土地は元来、耕すことによって利潤を得ることができるものであった。それがいまはどうだ、何も生産しない不毛の土地が、単にそこに土地があるというだけで利殖の対象になっている。東京や大阪近辺の、なけなしの土地ならともかく、北海道の大地を商品相場のごとくに弄《もてあそ》ぶのは許しがたい。そういうことが北海道に住む者たちの精神風土を貶《おとし》め、いやしくしているのを、わしは見るにしのびんのです」

徳永は感極まって目が潤んだ。ドアが開いて、入ってきた若いカップルが、老人のただならぬ様子にびっくりしながら、反対側の隅のテーブルに向かった。

「ははは、いささか喋《しゃべ》りすぎましたかな。どうも、歳とともに愚痴っぽくなっていかん。しかし、わしがこんな演説をぶつのも今日が最後かな。あんたのような若者に聞いてもらえて、ここに通いつめた甲斐《かい》があったというものですよ」

老人は「さて」と言い、「よっこらしょ」と立ち上がった。

「浅見さん、あんた、資料が必要なときや、行き悩んだときには、いつでもわしの家に来るがいい。鍵《かぎ》は開けておくからして、自由に入ってよろしい。わしが寝ていようと死んでいようとかまわんです」

振り向いてそれだけ言うと、挨拶《あいさつ》も抜きに店を出ていった。たった数分のあいだに、徳永の後ろ姿は見るも無残なほどに老いさらばえていた。

そのときになって、ようやくコーヒーを運んできたマスターが、「もう、あの先生はうちには来ないかもしれないな」と呟《つぶや》くように言った。

「あなたのようなよき理解者を得て、安心されたみたいです」

「そんなに買い被《かぶ》られても困ってしまうな。僕ごときに何ができるというのだろう。単なる余所者《よそもの》でしかないのに」

「いや、徳永先生はそうは考えていませんよ。あなたがはじめてこの店に来たときから、先生は目の色が変わってました。ひと言ふた言、あなたと話しただけで、そうでした」

「そうなのですか、不思議な人ですねえ」

「まったく不思議な人です。ご老人も、それに、あなたも」

「僕が？……」

浅見が驚いて問いかける目を向けたのに、マスターは黙って行ってしまった。若い二人の客が「ブルマン二つ」と言った。

コーヒーを飲みおえて、しばらく煙草をくゆらせてから、浅見はひまそうにしているマスターに言った。

「徳永さんの理想についてですが、マスターはどう思いますか？」

「ははは、私のような者に、あの先生の理想など、批評できるはずがありませんよ」

「そんなことはないでしょう。何も知らなかった余所者の僕でさえ、北海道が植民地のような立場でありつづけるのはおかしいと感じますから」

「それは私も思いますよ。北海道は長いあいだ、内地のご都合で開発されたり、搾取されたりしてきました。森林の伐採だって、石炭だって、すべて内地の経済や需要の動向に合わせて行なわれてきて、要らなくなったらバッサリです。そんなことは思いたくもないのですが、あなたの言ったとおり、アイヌの土地に内地から植民して、生産品を中央に吸い上げているというのは、形の上では認めないわけにいきません」

マスターは笑顔で喋っているが、両方の目には光があった。

「私は、夕張の炭鉱町の何万という者たちがちりぢりになるのを、この目で見ましたよ。石炭ばかりでなく、あれほど奨励された乳牛も肉牛も、輸入が増えれば要らなくなる。米もそんなに作るなと言っている。いまはジャガイモだが、それだって、中央のポテトチップスメーカーとの契約栽培があればこそで、独自性というには程遠い。

そういう意味では、たしかに徳永先生の言うとおり、飼い馴らされているのかもしれません。だけど、それが不満だとかいけないとか言えるほど、私は立派な人間ではないです。いや、北海道のほとんどの人間が、それに満足してはいないまでも、じつはそういう状況から変わるのが怖いのですよ」

「じゃあ、徳永さんが主張するように、北海道開発庁を廃止するとか、そういう過激な方向は望まないのですね」

「いや、それは違いますよ」

マスターは首を横に振った。のんびりした仕草なので、なんだか迫力がない。

「基本的には、行政が中央政府の管理下にあるのは、まさに植民地的でやりきれないものを感じていますよ。理想としては、北海道民の北海道民による北海道民のための政治や行政であってほしいですけどね。しかし、地方分権などとおだてるようなことを言ってますが、なかなかそうはならないでしょうなあ。それに、いざそうなった場合の状況が誰ひとり読めていない。それが不安なのです」

このへんのことになってくると、浅見には自信のあることは何ひとつ言えない。地方の行政機関が国の事務代行を義務づけられているのを、廃止するとかしないとかいう話を聞いたことがある程度だ。

「そうすると、徳永さんの理想は、やはり机上の空論ということになりますか」

「いや、そんなことはないでしょう。少なくとも、あの先生の指摘する『割り付け』の問題など、植民地政策がもたらした腐敗の構造は、北海道民の心をいやしくし、まっとうなやる気を失わせるものであることは事実なのですから。ただ、そうはいっても、ネコの首に鈴をつけるとなると、誰も手を挙げる者はいません。あの先生が、うちみたいな汚ない店で、ひたすら、あなたのような人が現われてくれるのを待っていたのも分かっていただけるでしょう」

「はあ……」

頷《うなず》きはしたものの、浅見には肩にズシリと重い期待であった。

4

ホテルに帰って、自宅に電話を入れてみた。兄から何か伝言でもないかと思ったのだが、須美子がいきなり、「坊っちゃま、どうしてぜんぜんお電話くださらないんですか？」と言った。

「悪い悪い、いろいろあってさ、なかなか電話できない。何かあったの？」

「札幌からお電話がありましたよ」

「札幌？　誰から？」

「札幌中央の井口さんとおっしゃる方です。坊っちゃま、中央っていうのは中央署のことなんでしょう?」

「ん? ああ、まあね」

「やっぱり……坊っちゃま、また何か危ないことをなさってらっしゃるんですか?」

「とんでもない、何もしてないよ。だけど母さんには内緒にしておいてね。それで、井口さん、何だって?」

「もう一度やってみる——と、そうお伝えすれば分かるはずですっておっしゃってましたけど」

「そう、もう一度やってみるか……サンキュー。ほかには?」

「それから『旅と歴史』の藤田編集長さまから、お電話をいただきたいそうです」

「あ、そう、僕はいま札幌の桑園シティホテルっていうところにいる。何か急ぎの用件があったらここに連絡してみて。それと須美ちゃん、どうでもいいけど、編集長に『さま』はいらないよ」

いったん置いた受話器を取って、『旅と歴史』の番号をプッシュした。藤田は珍しく控えめな声で「あ、浅見ちゃん、例の件はどうなった?」と言った。

「順調にいってますよ」

「そう、順調かね。じゃあ、目鼻はついたんだ」

「ええ、だいぶくたびれて、以前と較べると見る影もありませんが」

「ん？　そんなにひどいかい？　僕の知ってるころは、それなりにきれいだったがね。そうかなあ、かれこれ二十年前になるから、無理もないか」

「バブル景気の影響で、すっかり様変わりしちゃったとか言ってました」

「えっ、バブルが関係あるの？　整形でもして失敗したのかな」

「ははは、整形はどうか知りませんが、出たり引っ込んだり、不揃いになっていることは確かですね」

「えっ、そんなに？……いったい何をやったんだろ？　あのままでよかったのに。どうも、女の気持ちはさっぱり分からないな」

「女とか男とかは関係ないでしょう。誰の責任というより、世の中の流れみたいなもんですよ。変わるべくして変わったといったところじゃありませんか」

「なるほどねえ、それもひとつの哲学だな。しかしねえ、彼女にかぎって、知性的で男勝りな女だと思っていたのだよ」

「女？……編集長は何の話をしているんですか？」

「何って、決まってるだろ、越川春恵のことじゃないの」

「ああ、彼女のことですか」

「呆《あき》れたなあ、それじゃ、浅見ちゃんは何の話だと思っていたのさ？」

「もちろん裏参道の話に決まっているじゃありませんか。僕はそのために札幌に来たことを忘れたわけじゃないでしょうね？」

「えっ？　あっ、忘れてた……」

「ひどいなあ、呆れたなあ……」

「ごめんごめん、道理でおかしいと思ったよ。見る影もないだとか、出たり引っ込んだり不揃いだとかさ」

「僕はまた、整形だなんて、編集長としては出来すぎの比喩だと思って感心していましたけどね」

「ははは、そいつはおかしい」

「笑いごとじゃありませんよ。いったい僕の札幌行きはどっちが主体のつもりでいるんですか？」

「そりゃあ、もちろん……」

藤田は言《い》い淀《よど》んでいる。元来が正直な男なのである。

「まあいいですよ」と浅見は諦《あきら》めた。

「越川春恵さんのほうは、裏参道よりひどいことになってます。目鼻がつくどころかホクロもついていません。お陰で僕のポケットは底をついて、このぶんだと帰りの旅費も危なくなりそうです」

「えっ、それじゃ浅見ちゃん、まだ札幌にいるの？」

「そうですよ」

「そうか、そいつはすまないなあ……よし分かった、それじゃ、原稿料の先払いをしておこう。きみの銀行のほうへ振り込んでおくから、心おきなく戦費を使って、存分に戦ってきてくれ。頼むよ」

言うだけ言うと、藤田はさっさと電話を切った。

なにが「心おきなく」だ――と、ばかばかしくなる。原稿料といったって、どうせ高が知れている。旧日本軍が、軍隊をインパールの奥地へ送り込んでおいて、ろくな補給もしなかったのとたいして変わりはないのだ。

それでも、原稿料の先払いは藤田編集長のケチケチ哲学からいうと画期的なことではあった。藤田なりに責任を感じている証拠と思っていい。

夕方近くになって、陽一郎からの電話が入った。

浅見が「さすが、兄さんのやることは早いなあ」と嬉《うれ》しそうに言ったのに対して、「うん、まあな」と浮かない声で言った。なんとなく不吉な予感を抱かせる。

「光彦、札幌で何をやっているんだ？」

案の定――というか、予想外というか、この口ぶりから察すると、あまりいい返事は期待できそうにない。

「もちろん取材ですよ。『旅と歴史』の依頼で、札幌市内の観光スポットである裏参道というところを取材しています」

「一週間もかけてかね」

「いや、まだ六日だけど」

「似たようなものだ。たかが観光地の取材に六日もかけて、何を書こうというんだい」

「それはまあ、いろいろと……」

「じゃあ訊《き》くが、それと白井信吾とどういう関係があるんだ」

「えっ、それはあれです、白井氏は芸能や音楽関係の主として外国人タレントを扱っていて……兄さん、すると、白井氏について何か注目すべき情報があるんですね？」

「ん？　ああ、まあ注目すべきかどうかはともかく……しかし、そんなことより光彦、私の質問にまだ答えていないじゃないか」

「だから、白井氏は札幌の文化活動に関して、かなり貢献していて、裏参道の再開発や、サッポロドーム——全天候型多目的施設というやつですが、こいつのプロジェクトにも関係していて、いろいろ参考になる話が聞けるんです。嘘だと思ったら『旅と歴史』の藤田さんに訊いてみてくれませんか。ついいましがた、取材費の追加を銀行に振り込むよう、頼んだばかりだから」

「そうか……」

刑事局長はしばらく考え込む。向こうからかかった電話だから、料金を気にしなくてすむ。浅見は執念深く、じっと待った。

「白井信吾は本籍地が静岡県清水《しみず》市、現住所は東京都杉並区浜田山——カリフォルニア大学卒業で、四十七歳。二十三年前に大同プロモーションに入社して、現在は企画部長という役職にある。入社して五年後、二十九歳のときに結婚したが、二年後に交通事故で夫人を亡くした。子供など、ほかに家族はなく、浜田山の自宅に独り暮らしだそうだ。だいたいそんなところだな」

「兄さん」

浅見は精一杯、陰気な声を出した。

「それにあと、年収三千万円、趣味は旅行、ゴルフ、クラシック音楽鑑賞——とでも書けば紳士録の丸写しですね」

「……」

「そんなことを聞きたくて、夜中に兄さんに電話したわけじゃないことぐらい、分かっていそうなものなのに。どうしたんです？　白井氏の経歴にはよほど重大な過去があるとでも言うんですか？」

「まあ、そうだ」

「それを僕なんかに教えるわけにはいかないということですか」

「うん、だめだな」

「それはどういうことなんですか？　たとえば、夫人が交通事故で死んだのが、じつは疑惑に包まれているとか、そういうことなんですか？」

「いや、そうではないが……もう一つ、これは公式の記録には出にくいことだから、きみがいくら調べても分からないだろう。特別に教えてやるが、白井は十二年前にも札幌で、内縁の妻をやはり事故で亡くしている」

「えっ、札幌で？……その事故にも疑惑があるのですか？」

「それは言えないね。きみが知る必要のないことだ」

陽一郎は冷たく言った。

「驚いたなあ。兄さんはいったい、僕と何年一緒に暮らしているんですか」

「ん？　なんだ、妙なことを言うな」

「少なくとも義姉《ねえ》さんより長くひとつ屋根の下に住んでいるのに、まだ僕の性格が分かってないみたいですね。兄さんがだめだと言ったって、それで諦めるような僕ではないことぐらい……いいですよ、教えてくれないのなら、自力でやるっきゃない」

「ばかな……それはだめだ、危険だ」

「危険？……ふーん、そうなんですか。だったら教えてくれませんか。早い遅いの差があっても、どうせいずれは事実を摑《つか》むことに変わりはないのだから」

「うーん……」

陽一郎は大きく二度、溜息《ためいき》をついてから言った。

「ここ一週間足らずのあいだに、札幌で殺人事件があいついで起きたことは知っているな」

「ええ、僕が来たのと同時に発生したけど、それと白井氏が関係しているのですか」

「それはまだ分からない。ただ、危険であることだけは承知しておいたほうがいい。へたに首を突っ込むと、生死に関わることになる。私はそれを言っているのだ」

「分かりました。軽挙妄動は慎みますよ。それで、あらためて訊きますが、白井氏の経歴に何があったのですか？」

「これだけは教えておこう。白井信吾は単なるプロモート会社の幹部というだけの人間ではない可能性があるようだ」

「というと、何かの組織に属しているのですか？」

「そうだ」

「暴力団とか……」

「そんな単純なものではないらしい。善玉か悪玉かも、単純に区分けできないと考えていいだろう。これ以上のことは私も知らない。とにかく、早く切り上げて帰ってこいよ」

部下に対する訓示のように、そっけなく言って、邪険に電話を切った。

(どういうことだ？——)

浅見は手に持ったままの受話器を睨《にら》みつけるようにして、考えた。

白井の妻と内縁の妻が、二人とも「事故」で死んだことに、何か犯罪の臭いがあるというのだろうか。

かつて「ロス疑惑」というのがマスコミを賑《にぎ》わしたことがある。貿易商をいとなむ青年実業家の妻と愛人が、ロサンゼルスなどで、次々に奇禍に遭って死んだ、その「事故」に疑惑があるとして、青年実業家が殺人容疑で逮捕されたという事件だ。

白井信吾のケースがそれとよく似ている。白井もまた、敏腕のビジネスマンであり、プロモーターという職業柄、外国に出掛けることも多いにちがいない。

浅見の脳裡《のうり》に立花穏代の顔が浮かんだ。白井の第三のターゲットが立花穏代である可能性について考えた。(まさか——)という気持ちにはなれなかった。

電話で穏代に白井との接触を勧めたことが重大な過失に繋《つな》がるのではないか——と不安になってきた。

時刻は六時になろうとしている。穏代はすでに家を出ているだろう。それでも浅見は穏代の自宅の番号をダイヤルした。電話のベルは遠く虚《むな》しく鳴りつづけた。

本書は光文社文庫（一九九七年九月）として刊行されたものに著者の校訂を得て、光文社より刊行された単行本（二〇〇四年四月）を分冊し、文庫化したものです。

なお、本作品はフィクションであり、実在する団体・個人等とはいっさい関係がありません。

本作は一九九四年に執筆されたもので、社会的状況など現在と異なる部分もあります。

札幌《さっぽろ》殺人事件《さつじんじけん》 上

内田康夫《うちだやすお》

平成17年 4月25日　初版発行
令和6年 11月25日　16版発行

発行者●山下直久

発行●株式会社KADOKAWA
〒102-8177　東京都千代田区富士見2-13-3
電話　0570-002-301（ナビダイヤル）

角川文庫 13755

印刷所●株式会社KADOKAWA
製本所●株式会社KADOKAWA

表紙画●和田三造

ISBN 978-4-04-160763-3　C0193

角川文庫発刊に際して

角川源義

第二次世界大戦の敗北は、軍事力の敗北であった以上に、私たちの若い文化力の敗退であった。私たちの文化が戦争に対して如何に無力であり、単なるあだ花に過ぎなかったかを、私たちは身を以て体験し痛感した。西洋近代文化の摂取にとって、明治以後八十年の歳月は決して短かすぎたとは言えない。にもかかわらず、近代文化の伝統を確立し、自由な批判と柔軟な良識に富む文化層として自らを形成することに私たちは失敗して来た。そしてこれは、各層への文化の普及滲透を任務とする出版人の責任でもあった。

一九四五年以来、私たちは再び振出しに戻り、第一歩から踏み出すことを余儀なくされた。これは大きな不幸ではあるが、反面、これまでの混沌・未熟・歪曲の中にあった我が国の文化に秩序と確たる基礎を齎らすためには絶好の機会でもある。角川書店は、このような祖国の文化的危機にあたり、微力をも顧みず再建の礎石たるべき抱負と決意とをもって出発したが、ここに創立以来の念願を果すべく角川文庫を発刊する。これまで刊行されたあらゆる全集叢書文庫類の長所と短所とを検討し、古今東西の不朽の典籍を、良心的編集のもとに、廉価に、そして書架にふさわしい美本として、多くのひとびとに提供しようとする。しかし私たちは徒らに百科全書的な知識のジレッタントを作ることを目的とせず、あくまで祖国の文化に秩序と再建への道を示し、この文庫を角川書店の栄ある事業として、今後永久に継続発展せしめ、学芸と教養との殿堂として大成せんことを期したい。多くの読書子の愛情ある忠言と支持とによって、この希望と抱負とを完遂せしめられんことを願う。

一九四九年五月三日

角川文庫ベストセラー

明日香の皇子　内田康夫

巨大企業エイブルックにまつわる黒い噂。謎の連続殺人。恋人・恵津子の出生の秘密。事件を解く鍵は一枚の絵に秘められていた！　東京、奈良、飛鳥を舞台に、古代と現代をロマンの糸で結ぶ伝奇ミステリ。

佐渡伝説殺人事件　内田康夫

佐渡の願という地名に由来する奇妙な連続殺人。「願の少女」の正体は？　事件の根は三十数年前に佐渡で起こった出来事にあった！　名探偵・浅見光彦が大活躍する本格伝奇ミステリ。

高千穂伝説殺人事件　内田康夫

美貌のヴァイオリニスト・千恵子の父が謎のことばを残し、突然失踪した。千恵子は私立探偵・浅見の助けを借り、神話と伝説の国・高千穂へと向かう。そこに隠された巨大な秘密とは。サスペンス・ミステリ。

杜の都殺人事件　内田康夫

青葉繁る杜の都、仙台。妻と一緒に写っていた謎の男の死に、妻の過去に疑問を持つ夫。父の事故死に不審を抱く美人カメラマン池野真理子。二つの事件が一つに重なった時……トラベルミステリの傑作。

琥珀の道《アンバー・ロード》殺人事件　内田康夫

古代日本で、琥珀が岩手県久慈から奈良の都まで運ばれていた。その〈琥珀の道〉をたどったキャラバン隊のメンバーの相次ぐ変死。古代の琥珀の知られざる秘密とは？　名探偵浅見光彦の推理が冴える。

角川文庫ベストセラー

恐山殺人事件　内田康夫

博之は北から来る何かによって殺される……恐山のイタコである祖母サキの予言通り、東京のマンションで変死体で発見された。真相究明の依頼を受けた浅見光彦は呼び寄せられるように北への旅に出る。

鏡の女　内田康夫

めったに贈り物など受けとったことのないルポライター浅見光彦に、初恋の女性から姫鏡台が届いた。浅見は彼女の嫁いだ豪邸を訪ねるが……さまざまな鏡をめぐり、浅見が名推理を披露する表題作ほか2編を収録。

軽井沢殺人事件　内田康夫

金売買のインチキ商法で世間を騒がせた会社幹部が交通事故死した。「ホトケのオデコ」という妙な言葉と名刺を残して……霧の軽井沢を舞台に、信濃のコロンボ竹村警部と名探偵浅見が初めて競演した記念作。

王将たちの謝肉祭　内田康夫

美少女棋士、今井香子は新幹線の中で、見知らぬ男から一通の封書を預かった。その男が死体となって発見され、香子も何者かに襲われた。そして第二の殺人が起こる。感動を呼ぶ異色サスペンス。

菊池伝説殺人事件　内田康夫

フリーライター浅見光彦は雑誌の取材で名門「菊池一族」発祥の地、熊本県菊池市に向かう。車中で知りあった菊池由紀の父親が殺され、容疑は彼女の恋人に。菊池一族にまつわる因縁とは？　浅見が謎に挑む！

角川文庫ベストセラー

上野谷中殺人事件　内田康夫

十三の墓標　内田康夫

佐用姫伝説殺人事件　内田康夫

耳なし芳一からの手紙　内田康夫

「萩原朔太郎」の亡霊　内田康夫

上野駅再開発計画に大きく揺れる地元。ある日、浅見光彦は軽井沢の作家から一通の奇妙な手紙を託された。その差出人が谷中公園で自殺してしまい……情緒あふれるミステリ長編。

警視庁勤務の坂口刑事の姉夫婦が行方不明になり、義兄が死体で発見された。王朝の女流歌人〈和泉式部〉の墓に事件の鍵が……余部鉄橋、天橋立股のぞき、猫啼温泉と旅情を誘う出色のミステリ。

浅見光彦が陶芸家佐橋登陽の個展会場で出会った評論家景山秀太郎が殺された！　死体上には黄色い砂がまかれ、「佐用姫の……」と書かれたメモが残されていた。浅見が挑む佐用姫の真実とは？

下関からの新幹線に乗りこんだ男が死んだ。差出人〝耳なし芳一〟からの謎の手紙「火の山で逢おう」を残して。偶然居あわせたルポライター浅見光彦がこの謎に迫る！　珠玉の旅情ミステリ。

萩原朔太郎の詩さながらに演出された、オブジェのような異様な死体。元刑事・須貝国雄と警視庁で名探偵の異名をとる岡部警部が、執念で事件の謎を解き明かす！

角川文庫ベストセラー

讃岐路殺人事件　内田康夫

浅見の母が四国霊場巡り中に、交通事故に遭い記憶喪失に。加害者の久保彩奈は瀬戸大橋で自殺。彩奈の不可解な死に疑問を抱いた浅見は、香川県高松へ向かう。讃岐路に浅見の推理が冴える旅情ミステリ。

「首の女《ひと》」殺人事件　内田康夫

真杉光子は姉の小学校の同窓生、宮田と出かけた光太郎・智恵子展で、木彫の〈蟬〉を見つめていた男が福島で殺されたことを知る。そして宮田も島根で変死。奔走する浅見光彦が見つけた真相とは！

浅見光彦殺人事件　内田康夫

詩織の母は「トランプの本」と言い残して病死。父も「トランプの本を見つけた」というダイイング・メッセージを残して非業の死を遂げた。途方にくれた詩織は浅見を頼るが、そこにも死の影が迫り……！

盲目のピアニスト　内田康夫

ある日突然失明した、天才ピアニストとして期待される輝美の周りで次々と人が殺される。気配と音だけが彼女の疑惑を深め、やがて恐ろしい真相が……人の虚実を鮮やかに描き出す出色の短編集。

追分殺人事件　内田康夫

信濃追分と、かつて本郷追分といわれた東京本郷での男の変死体。この二つの〈追分〉の事件に、信濃のコロンボこと竹村警部と警視庁の切れ者・岡部警部の二人が挑む！　謎の解明のため二人は北海道へ……。

角川文庫ベストセラー

斎王の葬列　内田康夫

映画のロケ現場付近のダムに浮かんだ男の水死体。浅見光彦は、旧友である監督の白井からロケ隊の嫌疑を晴らす依頼を受ける。その直後に起こる第二の殺人。滋賀県を舞台に、歴史の闇に葬られた悲劇が蘇る。

竹人形殺人事件　内田康夫

刑事局長である浅見の兄は昔、父が馴染みの女性に贈った竹人形を前に越前大観音の不正を揉み消すよう圧力をかけられる。そんな窮地を救うため北陸へ旅立った弟の光彦に竹細工師殺害事件の容疑がかけられ……。

美濃路殺人事件　内田康夫

愛知県犬山市の明治村で死体が発見された。残されたバッグには、本人とは違う血液に染まった回数券が。数日前の宝石商失踪事件の報道から被害者に見覚えがあった浅見は、取材先の美濃から現場に赴く。

長崎殺人事件　内田康夫

「殺人容疑をかけられた父を助けてほしい」。作家の内田康夫のもとに長崎から浅見光彦宛の手紙が届いた。早速、浅見に連絡をとると、彼は偶然、長崎に。名探偵・浅見さえも翻弄する意外な真相とは。

隅田川殺人事件　内田康夫

光彦の母・雪江の絵画教室仲間の池沢が再婚することになった。ところが式の当日、花嫁の隆子は、式場へ向かう隅田川の水上バスから姿を消してしまった。混迷の度を増す事件の中で、光彦自身にも危険が迫る！

角川文庫ベストセラー

少女像《ブロンズ》は泣かなかった　内田康夫

鳥取雛送り殺人事件　内田康夫

怪談の道　内田康夫

沃野の伝説　(上)(下)　内田康夫

死線上のアリア　内田康夫

毎朝、涙を流すという少女像。何故、彼女は持ち主が謎の自殺を遂げた朝だけ泣かなかったのか？〈車椅子の少女〉橋本千晶と、娘を失った鬼刑事・河内の心の交流が難事件を解決してゆく名品4編を収録。

新宿歌舞伎町で起きた殺人事件の第一発見者となった浅見光彦。遺留品の藁細工に着目し、被害者が雛人形作家だと知る。ところがその直後、今度は若い刑事が鳥取で行方不明に。浅見は謎の迷宮から抜け出せるか。

核燃料に関する取材で鳥取県を訪れた浅見光彦は、小泉八雲が「地獄」と形容した土地で、殺人事件に遭遇する。録音テープに残された〝カイダンの道〟という謎の言葉を手がかりに、浅見は調査を開始するが……。

米穀卸商の坂本が水死体で発見された。死の直前に坂本が電話した相手は光彦の母・雪江。浅見は母の依頼で調査に乗り出す。一方、長野県では大量の闇米横流し事件が発覚。竹村警部もまた、捜査を開始し……。

ヴァイオリニストが名器・ストラディバリウスで「G線上のアリア」を弾いた瞬間ダーンという大音響が響き、ステージのすぐ前の紳士が倒れた。凶器は被害者の胸ポケットにあったピストル。自殺か、それとも？

角川文庫ベストセラー

喪われた道　内田康夫

虚無僧姿の男の死体が、青梅街道で発見された。被害者は会社役員、羽田栄三。羽田は死の直前「失われた道の意味がわかった」と妻に語ったという。取材で近辺を訪れていた浅見は事件に深く関わることに……。

存在証明　内田康夫

はにかんだ表情にありあまる好奇心を隠し、悪にはめっぽう強いが女性にはからっきし弱い。そんな軽井沢のセンセが語る浅見光彦のこと、推理小説のこと、世の中のこと。著者友人、浅見光彦氏の推薦文付き！

日光殺人事件　内田康夫

取材で日光を訪れた浅見光彦は、華厳の滝で飛び込み自殺に遭遇。崖下からはもう一体、智秋家の次男の白骨死体が発見された。失踪前に残した「日光で面白いものを発見した」という言葉をヒントに謎を解く。

遺骨　内田康夫

刺殺された製薬会社の営業マンが寺に預けた骨つぼ。骨つぼをめぐる謎の人物を探っていた浅見はやがて、医学界の驚愕の真相にたどり着く。浅見光彦が医療の原罪を追う、感動作。

横浜殺人事件　内田康夫

横浜でTVレポーターの女性と会社員の男性が殺された。事件を探る横浜テレビの藤本紅子と被害者の遺児、浜路智子。二つの事件の接点を求め、名探偵浅見光彦は外人墓地を訪れるが……。

角川文庫ベストセラー

はちまん（上）（下）　内田康夫

全国の八幡神社を巡っていた老人が殺害された。愛するものと信ずべきもののために殉じた人々が、若者たちに託した戦後半世紀の誓いとは。浅見光彦は美しい日本の風景の中に、事件の謎を追う。

死者の木霊　内田康夫

信州の松川ダムでばらばら死体が見つかる。借金がらみの単純な殺人事件と見えたが……警視庁の切れ者・岡部警部と信濃のコロンボ・竹村警部が共演した衝撃のデビュー作。

坊っちゃん殺人事件　内田康夫

浅見は、四国松山に漱石、子規、山頭火の足跡をたどる取材に出た。瀬戸大橋で出逢った美女が、数日後絞殺体で発見され、句会では主宰の老俳人が毒死。浅見光彦が記した危険な事件簿！

貴賓室の怪人　「飛鳥」編　内田康夫

浅見光彦に豪華客船・飛鳥の世界一周旅行を取材して欲しいという依頼が舞い込む。出航直前、浅見は「貴賓室の怪人に気をつけろ」という謎の手紙を受け取る。ただならぬ予感を孕みながらクルーズは始まり……。

イタリア幻想曲　貴賓室の怪人II　内田康夫

豪華客船・飛鳥で秘密裏の調査をしていた浅見光彦はトスカーナから謎めいた手紙を受けた。トリノに伝わる聖骸布、ダ・ヴィンチが残した謎、浅見兄弟を翻弄する怪文書。彼らが出会った人類最大の禁忌とは。